成 神

——中国的毕加索 世界的库淑兰

许海涛 著

陕西师范大学出版总社

图书代号　WX23N0584

图书在版编目（CIP）数据

成神：中国的毕加索　世界的库淑兰 / 许海涛著.—西安：陕西师范大学出版总社有限公司，2023.3

ISBN 978-7-5695-3340-8

Ⅰ.①成⋯　Ⅱ.①许⋯　Ⅲ.①传记文学—中国—当代　Ⅳ.①I25

中国版本图书馆CIP数据核字（2022）第234995号

成神——中国的毕加索　世界的库淑兰

CHENG SHEN —— ZHONGGUO DE BIJIASUO SHIJIE DE KU SHULAN

许海涛　著

出 版 人	刘东风
责任编辑	徐小亮
责任校对	王丽敏
出版发行	陕西师范大学出版总社
	（西安市长安南路199号　邮编　710062）
网　　址	http://www.snupg.com
印　　刷	陕西龙山海天艺术印务有限公司
开　　本	710 mm×1000 mm　1/16
印　　张	19
字　　数	168千
版　　次	2023年3月第1版
印　　次	2023年3月第1次印刷
书　　号	ISBN 978-7-5695-3340-8
定　　价	49.00元

读者购书、书店添货或发现印装质量问题，请与本公司营销部联系。

电话：（029）85307864　85303635　传真：（029）85303879

目　录

引子

二〇二一年，寒衣节前一天，无意间，或许是老麻特意安排的吧，文老师给我们讲述了库淑兰成神的故事。我至今忘不了。估计啊，永远也忘不了。

我叫金平，场面上，大伙儿叫我艺术家。惭愧，艺越来越稀薄，术倒是越来越密集，嘴上却说不出，毕竟还得靠"艺术"两个字吃饭啊。什么艺术？

《掷铁饼者》《大卫人体》《断臂的维纳斯》《思想者》，雕塑——雕、刻、塑的艺术。我跟古希腊的米隆、意大利的米开朗琪罗、古希腊的亚历山德罗斯、法国的罗丹一样，在某一种材料里，发现呼之欲出的美，借助锤子、凿子、刀子和其他所有可以利用的工具，大刀阔斧，又小心翼翼，让美的形象诞生。换一种说法，美的形象诞生，雕塑家的工作是穿透表面去发现，做恰到好处的减法，把平淡的、芜杂的表面剔除，让隐藏深处的美喷薄而出。不是去创造，只是去发现。这句话出自罗丹之口。与米隆、米开朗琪罗、亚历山德罗斯一样，罗丹是成神 —— 神一般永在 —— 的大师。虽然活儿与成神的大师一样，但我只是一个普普通通的雕塑工作者。就像唱歌，不是每一个人都可以成为歌唱家。

托城市飞速扩张的福，跟随雨后春笋一般拱出地面的一幢幢、一片片高楼大厦，在刚刚形成的街心花园，刚刚栽上树木和花草的公园，刚刚浇筑过混凝土的主题文化广场，刚刚完成主体、开始装修的飞机场、高铁站，刚刚挂上牌子的经济开发区……我的作品 —— 圆雕、浮雕、镂空雕，铜的、铁的、玻璃钢的、塑胶的、石头的 —— 一件件、一群群矗立起来，成为一座座、一道道城市景观。托"艺术"的福，我有了自己的公司，日子过得似乎不赖。似乎？是的，只是似乎。关系、打点、谈判、合同、贷款、讨账……统统与艺术无关，繁杂琐碎，但又离之不得。很有些时候，我感觉胸口堵，心里燃烧的火焰难以喷发出来。老麻笑道："金总，钱里头有火呢！"

老麻是我美院同学，大我一岁，巧的是同月同天生，自然交好。毕业后，老麻北漂寻求前卫艺术，联系少了。前一阵他回来，在秦岭脚下的草堂寺跟前安身，就在我公司对面，门口悬一块不方不正的老榆木板，上书歪歪斜斜三个字："不二斋"，仿弘一法师的笔意。我见了，觉着不俗，便敲门进去，竟然与老同学重逢。

老麻专画水墨佛像，清淡而有意蕴，日子也过得清淡而有意蕴。我羡慕他仍然执着于艺术，自嘲说："别人以为我是艺术家，其实，早已经是生意人了。"

像一切成瘾的东西，艺术也是，一旦陷入其中，戒不掉的。从捏弄出第一件作品起，我心中的艺术火焰从来没有熄灭过，虽然很多时候萎靡为"星星之火"，虽然很多时候假艺术之名干非艺术的活儿……

置酒畅聊，十几年不见，老麻竟跟我一样，也是跑家一枚。什么是跑家？

这是关中叫法，说的是走村入巷、挨门进户收古董老货的人。北京叫"呵街的"，上海叫"铲地皮的"。全国各地都有这样的人群，叫法不同而已。

对我和老麻而言，成为跑家不是为了捡漏儿，而是为了享受跑来跑去的那一种感觉 —— 寻找的感觉。我们都是农村长大的娃，游走乡间就像回到了童年，看见拴马桩上的胡人驯兽、木器上的彝鼎圭璋、佛龛里的观音菩萨……像陈年老酒，时间越长，这些古老艺术品的滋味越醇厚，越发迸散原始的艺术感染力。无可奈何的是，这些古老艺术品越来越稀少，越来越难以寻见。

每当胸口堵，心里燃烧的火焰难以喷发出来，我往往会离开繁闹的城市，去乡间跑一跑。

这一天，因为一件黄土地根魂的大型雕塑，甲方改来改去，到天亮，把我们的方案改得俗不可耐，艺术灵性几乎殆尽。我胸口堵，但为了钱，硬硬地把心里燃烧的火焰憋住。我给老麻打电话，咱出去跑一跑？

跑哪里？

没跑过的，离城市远，黄土地的根儿，有魂的地方，你来选。

你有多少时间？

地方选得好，停得住脚，两天三天无妨。

说定啊，别再那样急乎乎。

前头有两次，刚出城没半钟头，电话响了，事急，我分身无术，只好打道回府，让老麻很不爽。

这次即兴的"跑"，我认识了文老师。

下面的内容是我根据文老师讲述的录音整理的，与库淑兰和彩贴剪纸画无关的话删掉了。我和老麻一次又一次的感叹、惊叹，还有我们一次又一次好奇的发问，也删掉了。感谢手机录音功能。抱歉文老师，录音未经他同意。如果他知道我录音，怕就不讲了，或者讲得放不开。

第 一 章

时也，命也，运也。人啊，要成就一番事情，这三样缺一不可。年轻时候不信这个，老了，越来越信。这话搁在库淑兰身上，她活到六十岁，一九八〇年，才开始转运。

小麻属马，我知道。金平你？小一岁，属羊。噢，你两个同月同天，稀欠！我认得库淑兰时候，小麻两岁，金平一岁。时间过去了多少？看你两个，这么大的块子啊。

　　小东西，桌上这御面，这豆腐，一眼就看全看透了。大东西，旬邑的三水河、石门山，千眼、万眼都看不全看不透，更别说黄河、秦岭了。人一样，有些人是浅碟子水，一眼就看得没啥啥儿了。有些人是海，是山，站在海边，站在山底，任凭你怎样看，只能看见眼前个大概，怎么也看不全看不透。你两个要我说库淑兰，不是我不想说，是我不知道怎么说。认得库淑兰四十一年了，都说我是研究她的专家，我不知道多少次拍胸脯问自己，研究出什么名堂了？

　　我越来越觉得，库淑兰就是海，就是山；我文为群就是海边看海、山底看山的小娃儿。

　　我刚认得库淑兰的时候，并没觉得她是海，是山。她就是一个普普通通的农村妇女，恓恓惶惶的小脚老婆子。

那时候，一九八〇年，我三十四岁——是的，比你两个这时候小八九岁——在县文化馆当美术辅导干部。

　　刚才在富村，小麻奇怪我当过村小老师。我是一九六四年上的乾县师范，毕业当然要当老师了。对，就是埋武则天的乾县。金平知道啊，对，是中师，原来你也是中师毕业的，在延安上的。哎哟，你本事大，遇合好，接着念美院了。一九六七年我毕业，你两个该知道，正乱呢！我们这一代人哪有这个福分？我之所以能从山沟沟里的村小老师，上调到县文化馆当美术辅导干部，在于我画画儿的本事。墙上这《庄稼汉》《边区岁月》《于右任望大陆》都是我年轻时候画的。三水逸群是我的画名。老早，旬邑县叫三水县。三水河是旬邑的母亲河。我画得好？不好不好，羞见人呢，挂在自家里自赏自乐，登不了大雅之堂。旬邑是陕甘宁边区的南大门，关中分区和陕北公学就在这儿。字也是我的——滚滚长江东逝水，浪花淘尽英雄……写得不好，为活泛筋骨哩。那一幅不是我的，对，老货，光绪三十一年，神童萧之葆的手笔。不信有神童？萧之葆十一岁中秀才，二十岁中举人，二十六岁中进士、入翰林，名动天下，到现在，一百多年了，旬邑县还没人不知道。可惜了萧之葆，生在改朝换代年月，世道不安稳，做了几年官，不顺心，辞归乡里了。时也，命也，运也。人啊，要成就一番事情，这三样缺一不可。年轻时候不信这个，老了，越来越信。这话搁在库淑兰身上，她活到六十岁，一九八〇年，才开始转运。

农村老婆子，到了这把年纪，早该认命了，还转哪门子运？我六十岁退休之后，除了接送孙子上下学，就是写几笔字，不画画！有库淑兰的彩贴剪纸画震在那儿，我还画什么？

我是普通人，库淑兰不是。

一九八〇年不得了啊，小到库淑兰，大到中华人民共和国，都开始转运了！人运跟国运黏得紧紧的。国运转向，人一定跟着转向，人忙活的所有事情都跟着转向。画画儿当然不例外。反应慢，不知道怎么转向，上头给你解放思想，拨着你转向呢。一般人以为改革开放就是"团结一致向钱看"，不是前进的前，是金钱的钱，片面了。改革开放，不光是经济，还有文化。改革开放好比是春天来了，阳光雨露不可能只滋润大树，而不理识花花草草。一九七九年秋天，我接到通知，到省上参加首届国画研修班。研修什么？转画风。

小时候，我画画儿有些天分，自己不知道，只记得老师爱表扬。不是一个老师，小学、初中，教过我美术的老师都表扬，上了乾县师范，美术老师还表扬。你两个也是啊。人，跟其他动物一样，狗的鼻子灵，鹰的翅膀硬，鱼会游泳，都有天分哩。天分还分等级，有的高，有的低。鼻子最灵的狗能当警犬，翅膀最硬的鹰能飞一万里，鲸鱼把大海的惊涛骇浪不当个啥。天分这个词，是我班主任老师说的。我照学校贴的宣传画画了一幅《为革命而学，把毛泽东思想真正学到手》，被班主任老师看见了，说："红萝卜调辣子，吃出看不出！好个文为群，不言不传，没想到在画画上这么有天分。"我性子内向，不爱说话，蔫，在班里老往人后头站。自打班主任老师这么一说，我一下子被推到了人前头，班里的、学校的、毕业以后学校的、文教局的、县上的宣传画都离不得我，画《一切反动派都是纸老虎》《全世界人民团结起来，打败美国侵略者及其一切走狗》《广阔天地大有作为》《新生事物春满园，妇女能顶半边天》《担土造田学大寨》……

多得很，大多记不得了。创作？不是，照猫画虎，照上头发的宣传画画。画在哪儿？墙上、房上、楼上，都是大家伙，嘿嘿，巨幅啊。

不要小看这个研修班，说出老师的名字，惊破你两个的脑袋。第一个，张仃，设计全国政协会徽，设计全国政协第一届全体会议纪念邮票，参与国徽设计，后来当了中央工艺美术学院院长。第二个，华君武，他的漫画全国没人不知道。第三个，古元，版画家，当过中央美术学院院长。华君武和古元都是陕北公学的学生，对我这个旬邑后生自然有特殊的感情。第四个，石鲁，长安画派领军人物，前一年刚平反。是的，阵容超豪华。当时不然，只觉得他们超朴素，超朴实。一个多月里，住宿跟学员一块儿，吃饭跟学员一块儿，外出采风更不用说，跟学员不拆伴儿，没有一丝儿豪华的架子，平平常常，普普通通。听着，画笔抓在手上，立时不平常了，不普通了，精、气、神，全都灌注笔端，勾、皴、擦、点，不是用笔，是用命——画儿跟自己的命一样啊。不像现在出门给人画画儿的所谓大师，轻飘飘，几笔划拉好，就等人家掏腰包。真正的大师，艺高、品高，让人永远忘不了。教下了什么？第一个，画特殊，特殊画。画特殊，就是题材跟别人不一样，人家画什么，你也画什么，画得再好，也是吃人家嚼过的馍。特殊画，就是表现手段跟别人不一样，人家用什么笔法，你也用什么笔法，学得再像，也是走人家走过的路。什么是特殊？自己！天底下就一个你，你就是特殊。你这个特殊要成精成神，一定要吸别人的血，吸很多很多特殊的血，成了，就是创新。照猫画虎不行，猫永远是猫，虎永远是虎。第二个，艺术之源在民间。人类最早时候，有歌唱家吗？有画家吗？有，一定有，只是没有记载下来。离离原上草，一岁一枯荣。一茬一茬的草烧没了，但根不死啊。现在民间还有吗？根不死，肯定有。眼睛不要只瞅上头，要往下看，学习民间艺术，在民间艺术里"吸血"，这个血最特殊，最鲜活，最有养分。

第二章

老婆子身子矮，辘轳高，脚不由得拱起，脚尖顶地，身子前扑，胳膊举到极限，辘轳把这才吱吱呀呀转过一圈，脚才终于着地，不停，脚又拱起，脚尖又……让人心颤——那是一双小脚啊！

我认得库淑兰，是必然的。虽然从实际情况看，是偶然的。

　　说必然，是因为从省上学习回来，就展开了全县美术人才普查，年画、刺绣、风筝、编织、泥塑、面花、剪纸等等，都在普查范围之列。刚才不是说了么，改革开放，不光是经济，还有文化呀。普查不只在旬邑，全国范围，不光美术，戏剧呀，音乐呀，舞蹈呀，文化上各个行当都在搞。学习班不是教了么，要在民间艺术里"吸血"。我把事当事，下势跑开了，东到铜川耀县界，北到甘肃正宁界，南到淳化县界，西到彬县界，全县十七个公社跑遍了。对，跟跑家一样，下乡寻宝呢。是，骑自行车。那时候的泥土路，给你个小卧车，也开不到村里啊。路不好不怕，怕的是群众不给你亮宝。为什么？"破四旧"把人破怕了，家家怯生生地问，公家要这做什么？费好一番口舌，才从墙洞、炕席底下、窑洞埝台上、鞋窝里拿出来，都是人老几辈传下来的老样子，好些被老鼠嚓烂了。跑了半年，我发现旬邑民间美术中最有特色、最有优势的是剪纸，丝毫不逊色安塞。对，就是金平老家延安的安塞。那时候，安塞的剪纸全国有名，代表人物叫白凤莲，一双巧手人人夸。比安塞剪纸还有名的是户县农民画，全国响当当，代表人物叫李凤兰，早先也剪纸，后来转向画画，受了大画家刘文西的提点，名气越来越大。旬邑剪纸虽说有特色、有优势，可是，剪得好的妇女都七老八十了，后继乏人。我给领导建议，办学习班，传帮带，把旬邑剪纸打出去。当时心小，想着在全省有名堂就了不得。

说偶然，是因为经了我妹子才知道了库淑兰。我亲妹子，嫁在富村。这已经是第一期学习班之后了。不知道为什么，普查时候没有把库淑兰普查上来。我以后问过公社文化站。他们说，漂上来的油花花都撇给你了，库淑兰没漂上来啊。什么是油花花？就是在人前显、乡村有名的人。那时候，库淑兰就是个普普通通的乡村碎脚妇女，人前不显，没有一点儿名气啊。记得那是过年追节时候，我给我妹子交代了普查的事，给她留下六张蜡光大纸，红的、黄的、绿的，每样两张，还有一个册页。追节？正月初二女子回娘家；正月初五后的某一天，娘家人到女子家回礼，旬邑人叫"追节"。册页比《人民日报》小些，比《参考消息》大些，十张，用来贴剪纸作品的。我满共做了五十本册页，用厚一些的白纸。这是最后一本了。蜡光纸鲜亮，色正，剪纸效果好。我把县上百货商店的存货腾空了，上海产，赤橙黄绿青蓝紫，各样儿颜色都有。各公社漂上来的油花花，每人给六张，碰上什么颜色给什么颜色，只给六张，多了不够分。哪像现在，想买什么就有什么——那时候没有不缺的东西，现在没有不剩的东西。临走，我叮嘱我妹子，在个心，给剪得真正好的人，别说给文化馆剪；剪好了让村干部捎给公社文化站。你两个注意了，不说给文化馆剪，为的是本真。有些剪纸人听是为县上剪，怕土，耍聪明，紧跟形势。对，我想要的是原汁原味，就怕不土。跟你们跑家寻古董老货一样，就怕不古、不老。

收麦前，我妹子送回了剪贴本，送到了我家里。我打开看，惊了一跳，不是单色，是多色，绿的叶，红的花，黄的边；剪的不是喜，不是福，不是凤穿牡丹，不是二龙戏珠，是我认不得的花，认不得的草，花草中间有娃娃，红褂子，绿裤子，黑辫子，摆列成各式各样，张张不一样。最后一张是一匹奔马，身子红，头黑，尾巴黑，腿绿，红身子上有一串一串的绿叶，头上点缀黄色的小花朵……这些特别的花草样子，这样多色套贴、拼贴、堆贴的剪纸形式，我之前没有见过啊。前头收上来的四十九个册页没有一个是这样的，都是单色。我看了又看，看出这个剪纸人费了一番心思，花花草草和娃娃的摆列讲究很，有味道，耐琢磨。我越看越觉得有意思，想立马见到这个剪纸人，想问她从哪儿学来的样子，问她是不是旬邑人。不会是从外地传过来的吧？是她，女人那个她。我确定，男人剪不出这样的花样。是的，我还不知道她是谁。那一阵子忙，回到家天黑了，我妹子早已经回去，册页留给了我媳妇。

几千年没大变化，大变化就在这几十年！今儿你两个见到的富村，水泥路，楼板房，那时候一星子都没有。那时候的富村，泥水路，土窑洞，就在今儿去的第一个地方。对，就是你说的黑洞那一块儿，再往东，沿斜坡路下。不是修的路，是人踏出来的路，下到沟底，依崖势排列，高高低低，一个窑洞挨一个窑洞，有的大，有的小，有垒院墙的，有空敞的。旬邑县的村子，搬迁新建以前，都是这样子，自古就是这样子。窑洞就发明在长武、彬州、旬邑这一带，古豳国时候。有了窑洞，人不再苦于被野兽袭击，过上了定居生活。你两个想不到吧，野猪变家猪，那是窑洞的功劳。相传，公刘和部落里的人把狩猎到的野猪堵在窑洞里，给它喂草料；时间长了，发现野猪没有了野性，这就开始了圈养。不扯远了。我妹子家就在沟底，三孔窑洞，有院墙，日子算中上。看见我，她惊了一跳，哥，你怎么不言声来了？我说想见一见那个剪纸人。我妹子吃惊地问，就为这？你两个肯定不理解我妹子为什么吃惊。为见一个剪纸的农村人，他哥，县上当干部的，下两道深沟，上两道大坡，满头大汗急慌慌踏自行车奔来了。那时候，在群众眼里，干部尊贵着哩。我妹子递上来毛巾，我擦了汗，顾不得理会她放在脚下的小板凳，挥手说，咱这就去。我妹子说，不急，就在沟上头，门口有井那一家，牙长一点路，哥，歇一歇，喝口水呀。她说的有井那一家，就是黑洞那儿，我刚刚推自行车经过了的。一个老婆子站在井边，正在摇辘轳绞水。绞水？绞动辘轳上的麻绳，一圈一圈绞上水桶，就是绞水。老婆子身子矮，辘轳高，脚不由得拱起，脚尖顶地，身子前扑，胳膊举到极限，辘轳把这才吱吱呀呀转过一圈，脚才终于着地，不停，脚又拱起，脚尖又……让人心颤——那是一双小脚啊！三寸金莲，真得把发明这个词的家伙拽来看看，这是金莲吗？我想上去帮忙，又怕惊着了正在用力的她。惭愧，只多看了几眼。

我说，不会是那个小脚老婆子吧。我妹子瞪眼，哥，就是她啊，原来你知道，按村里的班辈，我叫姨呢。

在我的想象里，应该是一个年轻人，顶多是中年人，精干，灵气，人样儿好。为什么？我也不知道，就是这样想。非要说为什么，那就是画如其人吧。这十张剪纸就是十幅画。画里的花、草、娃娃、奔马，都散发年轻人才有的那股子气息，都是年轻人喜爱的活泼样子。我怎么也把这个册页跟绞水的小脚老婆子搁不到一起。

哎哟哟，好我的蛋蛋娃他妈哟，你怎么把公家人领到姨窑跟前来了，把姨惊得心突突，刚绞上来的凉水都喝不成了。

我妹子叫一声姨。背对我们的库淑兰转过身，看一眼我妹子，左右上下扫视过我，猛地，大声叫起来，像放鞭炮一样，又脆又响又快。她眼睛大，眼光直戳戳的，像要把我戳透。

不像现在，人人穿着都不差。那时候，旬邑苦焦，农村人没有一件像样的衣裳。特别困难的人家，一家人共用一条裤子，谁出门谁穿。这不是瞎说，真有。我穿的确良白衬衫，蓝裤子，家做的千层底黑灯芯绒布鞋，县上干部标准打扮。她一眼就认定我是公家人。我的第一感觉，这个小脚老婆子语言方便，心宽展，虽然住在山沟，但离世事不远。她脸色红润，头发密实，应该不过六十岁吧，比我刚估摸的年轻些。刚看她绞水的背影，估摸过七十岁了。她上身穿土蓝的大襟衫，老式样子，旧得泛白，领口、袖口都烂了，现在只能在老电影上见得到；长时间没浆洗，皱巴巴的，袖子挽到了胳膊肘，领口的纽襻解开了。下身黑裤子，也是老式样，裤脚缠裹得紧紧的。大襟衫和裤子都厚，不该是夏天穿的。她手端大马勺，铁家伙，脸上挂满细汗和笑，盯着我。

好我的姨，你眼真尖，一眼就看出来我领了个公家人。姨，这个公家人不是旁人，是我哥。我妹子紧走几步，到了库淑兰跟前。

你哥？库淑兰的眼光从我身上移开，看我妹子。

真是我哥，上原专看你来了。

专看我？哎哟哟，早就知道你有个哥在县上干事呢，今儿才见头一面。女子，是你亲哥，咱就是一窝窝人啊，我心不突突了。又一听，上原来专看我，姨心小，不知道怎么了，心又突突开了。

面对我妹子说完这些话，库淑兰转脸向我，大眼睛扑闪，什么风把你个公家人吹到我窑跟前来了？

我上前一步，笑着说，姨，我是咱县文化馆的干部，今儿专来看你，为那个册页。

册页，什么册页？库淑兰脸变了，眉头拧疙瘩，一脸疑问，大眼睛盯我妹子。

就是贴铰花的那个大本本儿。那不是我的，是我哥给我的。纸也不是我的，也是我哥给的。

还当是什么大事呢，为那个呀，耍的事，我都忘到颡后头了！跑这么远的路，一窝窝人，看你满脸汗，快喝些我刚绞上来的凉水，消一消热。

说着，双手举大马勺，捧到我胸前。我慌忙接住，捧到嘴边，抿下一口。

井水清，井水甜，喝他个肚儿圆。怎么才抿一口，喝饱呀！

库淑兰说笑着，手指顶马勺底，催我再喝。我不由笑起来，捧起大马勺，咕咚咕咚喝开了。这个小脚老婆子呀，一张利嘴，语言真方便。缓一口气，我说，姨，难怪你剪的花那么好看，原来是你屋的井水甜。

逢到十五月才圆，井儿越深水越甜。这井深七八丈呢。全富村人的命都吊在这口井里头，比金疙瘩还金贵，怎么会是我屋的？

旬邑原上旱。那时候没有机井，吃水难肠，水比油还金贵。有道是，宁给一个馍，不给一碗水。

库淑兰接着说，公家人，我胡乱铰呢，铰的花不好看。

姨，好看！你照什么样子铰的？

什么样子？心里头冒出来个什么样子就铰什么样子。

没样子呀！以前也是红的、绿的、黄的、黑的一样一样铰出来，贴在一块儿，跟画儿一样？

哪有这么多颜色的好纸一齐跑到我窑里头？大姑娘坐

花花儿轿——头一回！谁屋拿怎么个纸我铰怎么个花。你这个纸好，红纸跟花一样红，绿纸跟草一样绿，黄纸跟后晌黑的太阳一样黄，我就铰红花、铰绿草……

哥，村里的红白事，离不得咱姨的剪子。谁屋过事谁给姨拿纸。

噢，姨，你用的是什么剪子？

我用的是金剪子！

金剪子？

老婆子大笑起来，给我妹子卖个眼儿，又给我卖个眼儿，向窑洞走。水井离窑洞约十米，地平高，窑洞低，低下去近半米，像跌在坑里。卖眼儿，就是飞眼的意思。哈哈，你两个别笑，不是抛媚眼，是挤眼。我没见过这么有意思的农村老婆子。跟在她身后，看她快快地挪动小脚，不由得想起鲁迅先生把豆腐西施比喻成圆规。

窑里头黑，你两个在外头等一下下儿，省得我点灯费油。

到窑门口，库淑兰回头，向我和妹子压一压手，下了土台阶。你两个别惊讶，那时候，富村不少人家还没通电呢。看库淑兰推开没漆水的老门板，我妹子悄声说，我给姨没说给公家剪，说的是给我剪，为娃眼窝好看哩。我问，老婆子怎么这么会说话？

我妹子笑，高兴了还唱呢！

窑门边儿有小簸箕大的洞口，算是窗户。

给你，我的金剪子。

出了门，库淑兰喊，上土台阶竟然是蹦上来的，手里举剪子，举到我跟前。我接住，笑了起来，这哪是什么金剪子啊？一把浑身生锈的老剪子，剪布用的大剪子。

库淑兰噘嘴，瞪我，看不起我的剪子？别看模样不心疼，刃镳得很呢。

我连忙说，姨，我不是看不起你的剪子，是我心里高兴，笑这么大的剪子铰出那么小的花，你的手真巧！

一般人剪纸都用小剪子。我怕老婆子以为我笑话他，赶快这么说。

小剪子不得劲儿，铰着心急。我爱用大剪子，再小的花儿，再碎的叶儿，我这金剪子都铰得出来。

库淑兰从我手里拽过剪子，大笑起来。

姨，黑纸从哪儿来的？我问。

过白事剩下的。我看配在马身上好看，就用了。库淑兰答完，转头向我妹子说，女子，纸就是个纸，跟白事不相干，你别乱想。我明白，说这个话是怕我妹子嫌白事用过的黑纸不吉。

姨，怎么贴呢？我又问。

寻白细面打糨糊，打黏些，铰好了，一样儿一样儿贴。

寻白细面？那时候白面稀欠，白细面就更稀欠了。

姨，我今儿来，有两件事情。一是请你给我也铰些花，二是……

正式的话刚说了一句，就被库淑兰打断了。

铰花不是个事，出在我手上。你办什么事情，铰什么花？

不办什么事情，就是爱你铰的花，你想铰什么就铰什么。

哎哟哟，一窝窝人，我想铰什么就铰什么，那不是把你的纸糟蹋了？

姨，不怕，纸我管够，跟我妹子给你的纸一样好，你尽管铰。

天边边远，地畔子宽，没咱公家人的大手面。

库淑兰向我妹子吐舌头。我忍住笑，说，二呢，想请你参加县文化馆的剪纸学习班。

库淑兰摆手，噘嘴，我都六十岁了，还上学？铰花么，各铰各的，学什么？眼看着要收麦，收了麦种秋，种了秋，还要挖药、拾硬柴。姨就这么一个身，分不开哟。姨问你，文化馆弄这事做什么？

文化馆想把好看的花样子保存下来，传给后世人看呢。

姨，参加学习班，文化馆管吃住，一天还给八毛钱补贴。

一天还给八毛钱？文化馆怎么做这赔钱的买卖！

库淑兰瞪大了眼睛，来回摇头，不相信。

我妹子说，姨，我哥就是管学习班的。你去，又铰花，又挣钱，多美的事情。

库淑兰定平了脸，皱眉头说，撂下屋里这一摊子，专意铰花，真是个美事情。咱是一窝窝人，你兄妹俩对我好，我知道。麻达是姨想去，你叔得准事啊。我走了，那老货吃什么？

第三章

库淑兰这样的剪纸没有沾染一丝『领导』的题目，没有受一丝『辅导』的影响，清新、纯粹、质朴，天然的艺术。在程征的视野里，也没有见过这样先剪后贴的剪纸作品。他说，这极有可能是一个创举。

旬邑地方邪，说谁谁就到。

姨，我叔回来了。

我妹子对库淑兰说，胳膊肘捶一下我，眼睛往我身后瞥，小声说，赶紧给姨把话说完，回咱屋去。

不等我开口，库淑兰说，公家人，噢，一窝窝人，你把铰花的纸送来，什么都停当了。上学习班不得急，容我思量思量。

话语急促，没有刚刚那么展妥，说完就要我走人的意思。怎么回事呀？

我扭头，一个高瘦的男人站在水井旁，端大马勺仰脸喝水呢。男人有了年纪，头发灰白，乱糟糟的；上身烂黑褂，下身大裆裤，脚上烂布鞋，趿拉着。大马勺没捂住整个脸，露出一只眼——一边喝水，一边朝这边瞅。我的眼光跟他的眼光撞上了。我点一点头，微微笑了笑，扬手打招呼。那眼光不理睬我，冷冷的，不敢说有敌意，起码不友善。我转过头，盯我妹子，以为她跟人家有过节。我妹子明白了我的意思，转头看库淑兰。

库淑兰的大眼睛扑闪，歉然说，别跟你叔计较。你叔一辈子对谁都是个这，生蹭冷倔。你两个回，姨还没给你叔张罗晌午饭呢。

我妹子紧接着说，哥，叔就是冷模样的人，对我对你都没什么。

我对库淑兰说，姨，你介绍下子，让我跟叔打个招呼，一回生，二回熟。

库淑兰摇头，摆手，你个公家人，有模有样的，不理他。你两个赶紧回。

我妹子拽我，我转身走。那人喝完了水，正用烂袖子抹嘴呢。嘴被乱糟糟的胡子包围了。两颊也被乱糟糟的胡子占领。胡子跟头发一样，灰白色。他有些驼背，头却昂着，眼光还是冷冷的，盯着我，像提防贼人呢。我悄声问我妹子，这人怎么这样？我没招没惹他呀！我妹子说，哥，这儿说不成话。你别瞅他，咱回去说。走到坡口，我感觉背上冷冷的。他似乎还在盯着我。

下到坡底，猛听得崖上吼，谝，谝，就知道谝闲传，不知道做饭，你想把我饿死啊！

我和妹子对视一眼，加快了脚步。进了屋，我妹子往库家方向看一眼，小声说，自嫁到富村，见了宝印叔，浑身就起寒战。不知道为什么，不管谁到他屋，他都不给好脸色。一句话不对卯，就吹胡子瞪眼，张嘴就骂人。人家跟他论理，他嘴笨，论不过，急了，还动手打呢！小队干部、大队干部被整得没办法。有一回公社逮去关了几天，放回来撵到干部门上骂，难听死了。唉，就一个愚人、蛮人、愣人。哥，刚那么瞅你，估摸是把你当公社干部了。

我问，对他老婆也这样？

我妹子反问，你刚没听见对淑兰姨吼？

我这才知道老婆子叫淑兰，问我妹子，她娘家在哪里？我妹子说，姓库呀，就在富村。

我奇怪了，招的男人？

我妹子摇头，老一辈人的事我缠不清，觉得不像招的，三个娃，两儿一女，都姓孙。宝印叔姓孙呀。

富村库姓是大姓。我妹夫就姓库。我妹子还说，淑兰姨人好，见谁都稀欠得很，嘴甜，给谁说话都好听；谁家过事，小脚飞一样，铺着盖着帮忙。要不是淑兰姨，除了绞水，谁愿意去宝印叔窑门前？

我问，除了红白事，她平时剪纸不？

我妹子摇头，不剪！屋里屋外的活忙不清白，哪有空儿啊？得了空儿，就去挖药，送到公社收购站，换钱呢。

噢，快过年时候剪，剪窗花，剪炕围子。不给她自己，给村里乡党，谁拿纸来给谁剪。唉，淑兰姨再勤，人再好，摊上这么个男人，日子也过不到人前头去呀。哥，说句实话，好些人家看不起她。

不说看得起看不起的话，村里人觉得她的剪纸好不好？

没人在意好不好，也没人懂得，过事过年就图个花花绿绿。

你两个都是农村长大的娃，觉得不？村里谁会绣花，会捏面花，会剪纸，起初觉得奇，时间长了就惯了，觉得这是理所应当，人家本就是那样的人啊，跟狗的鼻子灵、鹰的翅膀硬、鱼会游水一样，天生的。觉得啊！往回骑的路上，我想，库淑兰剪纸就是这样，村里人看惯了，不觉得什么。但用"画特殊，特殊画"来看，她先剪出一个个"元素"，再把"元素"套贴、拼贴、堆贴，形成多彩的、有意味的画面，就与一般的剪纸作品大大不同了。这无疑就是"特殊"啊！她怎么想到了粘贴？她以前见到过这样的做法吗？还有一种可能，这样的剪纸形式在别的地方有，我个井底之蛙，孤陋寡闻，没有见到过。库淑兰是富村人呀，不出远门，她会在什么地方见过呢？

我决定去一趟地区艺术馆，带上库淑兰的册页，让程征看一看。再一个，要给库淑兰买纸，县上百货商店的彩纸还未进到货。

那时候，咸阳还没设市，是地区行署。户县归咸阳地区，没划给西安呢。我在地区艺术馆不怎么吃得开。不是因为我性子蔫，不擅长接触人，是因为旬邑没有叫得响的拿手戏。户县文化馆吃得最开，因为户县农民画刚刚被文化部树立为工农兵文化活动的典范，地区艺术馆上上下下都忙着推广户县经验，其他县挨不着边儿，只有学习的份儿。好在美术组的程征跟我说得来，我凡事爱寻他。程征大我两岁，西安美院毕业的，后来调到了省国画院，再后来调到了西安美院。金平，你知道呀，是，教美术理论，教授，博导。程征看得细，一张一张翻看完，叫一声有意思，放下册页，跑出办公室。我没灵醒怎么了，见他拥李白颖进门，嘴里说，我说不清，你看下子就知道了。李白颖是美术组组长，大我俩十多岁，画油画，也是西安美院毕业的。程征越前一步，捧册页到李白颖面前。李白颖翻看过两张，说，有意思。再翻看过两张，说，的确有意思。翻看完，抬头看程征，说中不中，说西不西，有意思，怎么个意思却说不出来。哪儿来的？

程征转头指我，旬邑县文化馆的小文同志普查上来的。

李白颖这才看见站在办公桌对面的我，伸过手来，重重地握了握，说，这个旬邑人不简单，怎样一个人？我简要答了。

李白颖说，我在全国参观学习过不少民间艺术种类，这样的剪纸从来没有见过。有意思归有意思，仅就这个册页看，只能是有意思，还不能称之为作品。

我明白李白颖的意思，画面简单，内涵不丰富，表现力不够强。

李白颖又说，是个苗苗儿，就看长得大了，慢慢来，年轻人，搞艺术，性子急不得。

我说，我性子蔫，不急。

李白颖笑，好，蔫工出细活。

听程征说我要给库淑兰买纸，他便指程征，咱得帮帮忙啊。吩咐完就忙去了。

程征抱来一包蜡光纸，都是大红的。我埋怨程征，不知道库淑兰剪得怎么样，就想请你掌掌眼，你怎么一下子就捅给领导了？

程征笑，不捅给领导，你怎么会有这一大包蜡光纸？别的色纸还得你自己掏腰包。

那一晚，在渭河岸边，我跟程征谝了半晚夕。记到现在的一句话是，作为美术辅导干部，想让民间搞艺术的人闹腾出名堂，不能大包大揽，要有所为有所不为。这句话是针对"领导出题目，艺术干部出点子，群众出手工"而言的。改革开放之前，这样搞过好些年。学习班转画风就是针对这个。时代变了，提倡尊重农民作者发自内心的意愿，运用民间传统观念和习惯手法，表达自己的生活感受，创作自己觉得有趣味的作品，简而言之，就是心中怎么想手上就怎么来。程征说，库淑兰这样的剪纸没有沾染一丝"领导"的题目，没有受一丝"辅导"的影响，清新、纯粹、质朴，天然的艺术。在程征的视野里，也没有见过这样先剪后贴的剪纸作品。他说，这极有可能是一个创举。至于画面简单、内涵不丰富、表现力不够强，这些不要紧，苗苗拱出泥土了，还怕长不大？就怕拔苗助长，就怕大水漫灌，就怕天天施肥……心急吃不了热豆腐，有时候啊，无为胜有为。

去渭河岸边之先，程征请我吃了一碗羊肉泡馍，三毛五分钱，肉片子比现在的还多。谝够了，送我到旅社门口，程征握住我的手，有机会一定去县上见一见这个有意思的老婆子。我拍手欢迎。那时候，旬邑到咸阳的长途汽车，一天打不了一个来回，得住一晚。第二天一早起来，我跑到百货商店，买了除大红纸之外其他所有颜色的蜡光纸；又跑到副食商店，买了一包鸡蛋糕、一包麻饼，赶往长途汽车站。回到家，天已经麻麻黑了。

第 四 章

我问，太阳中间的红衣裳小人儿是谁？

女人。

为什么是女人？

女人害羞哟，怕人瞅清她的模样！谁要盯住她看，她就用绣花针刺，哼，看不成！一窝窝人，你定住眼能瞅太阳不？瞅不成啊，太阳跟女人一样，刺你哩。

没漆水的老门板上挂一把老铁锁。库淑兰做什么去了？

我把自行车撑在窑门口，下坡到我妹子家。院门上也挂一把铁将军。我返回到崖上，站在窑门口等。没几分钟，来了个挑桶的中年汉子，问我，寻谁呢？我回答，库淑兰。汉子说，都在地里割麦呢，等一下，我领你。汉子放下扁担，摇辘轳，绞起两桶水，担在肩上，朝我挥手，走。我问他，老婆子这么大年纪了，也割麦？汉子斜瞄我一眼，明儿要变天，得把粮先抢到嘴里，男女老少齐上！汉子走在前，我跟在后，赤日炎炎似火烧，没一丝风，比骑自行车还热，没几步就浑身淌汗。

田野上，大太阳下，一群人散在黄灿灿的麦子前，正在收割。男人用钐子。你两个还记得？对，就是，胳膊抡圆，一挥一个大扇面，撂在身后。女人跟在男人身后打捆。我突然省得，大忙天，来给库淑兰送纸，多么不合适哟。汉子指一指右前方，说，老婆子跪着割，比小伙子还争，镰跟钐子一样镴火。跪着割？右前方，半畛地远，一排妇女弯腰割麦，哎哟，最右边，真有一个人跪在地上割呢，左胳膊搂住一簇麦秆，右胳膊挥镰割倒，动作连贯，一簇割倒，膝行向前，又搂住一簇……老式样的发髻，泛白的土蓝布衣裳，没错，库淑兰啊！我踩踏刚刚割下的麦茬，跑到她跟前，连叫了几声姨。库淑兰停住手，转过身，仰起头，尘灰和汗珠染花了脸，一道一道的，大眼睛眨巴了眨巴，瞪我，热得跟颡顶上着火一样，你这娃哟，怎么跑到这苦焦地方来了？

姨，说好的么，我给你送纸来了。

库淑兰猛地拍大腿，扑起麦秆上的尘土，土霉味道。她受了呛，咳了两声，你个公家人哟，性子怎么比姨还急！纸在哪儿？

在你家窑门口。

听我说还有咸阳副食商店的鸡蛋糕和麻饼，她用烂袖子抹了抹脸上的汗，咯咯笑起来，面对我，似说似唱：

　　公家人来到我的家里边，

　　库淑兰心上自在得好比鸡毛翎子扫胸前，

　　一包蛋糕一包饼，

　　公家人送到了我的家里边，

　　比我娘家人还蜜甜。

唱声大，有炫耀的意思。旁边的妇女都停了手，笑起来。笑得我不好意思，说，姨，井水担来了，你去喝点儿，歇一歇。

库淑兰摆手，我做活不爱歇，歇了，人就懒下了。你把纸就搁我门口，快快儿地回，别受这大太阳底下的罪。

她跪着向我摆手罢，握住了镰把。我说，姨，天这么热，你操心身体，能歇就歇一下。她朝我扬镰刀，赶我走的架势。我心里不好受，摇一摇头，转过身，准备抬步，却听她叫，公家人，到姨跟前来。

我转回身，她向我招手，示意我靠近些。我俯下身，头伸向她。她贴近我耳朵，悄声说，上学习班，我给你妹子说了。那人是个愚人，你心上千万别有什么。这下好了，话说了，你快快儿地回，姨割麦呀。

我妹子呢？

跟在钐子后头捆麦呢。

我找到我妹子。她说，淑兰姨说她想到月亮都扁了，才想下方子，费了半脸盆唾沫，才跟宝印叔说到了一搭。宝印叔去老大家吃饭，一天给老大四毛钱。剩下的四毛钱归宝印叔。银钱是个宝，你多我不少。难肠的是，宝印叔不信世上有这样的好事，上学还发钱！老大也不信，都非要拿到现钱不可。淑兰姨哪有钱啊。明摆着，哥，你得先给她钱，她才能上学习班。淑兰姨性硬，落不下脸给你下话，就半明半暗说给了我。

见我疑惑，我妹子又说，宝印叔归老大，淑兰姨归老二。

这个话，我明白，你两个不一定明白，说的是库淑兰两口儿的赡养问题，特别是病和殁。平常，老两口儿生活自理，自己过活。病了，抓药照料；殁了，葬埋送终，需要花大钱，按照分家定下的，两个儿各管各的老人。女子呢？出门的人，根据自己的心跟力能帮多少帮多少。为什么给老大四毛钱？宝印叔生活能够自理，该自己过活，吃自己的；要吃儿的，就得给钱。你两个别摇头，别叹气，别怨天别怨地，也别怨人，就怨穷吧——穷不要脸，让人活得不像人了。

我妹子说，淑兰姨两个儿的性子都跟了他爸，也是生蹭冷倔，一分一厘的亏都不吃。

我说，钱不打紧，只要淑兰姨愿意上学习班，我想办法先给她垫上就是。你给淑兰姨传话，不急，现在才六月天，冬日农闲时候馆里才开学习班。到时候，我一定先把钱搁到她手上。

淑兰姨还担心村上不准她去。

放心，到时候公社会给村上打招呼的。你再给淑兰姨说，这回我给她带来的纸多，让她放开了剪，千万别吝惜纸。妹子，队上干部太不像话，为什么让六十岁的小脚老婆子割麦？

哥，不怨队上干部呀，割麦比捆麦工分高，淑兰姨要割呢，一天能割一亩半；听说年轻时候，一天割二亩多呢！淑兰姨做活不言不传，不尿不屙，韧头长，村上妇女没人比得过。她脚小，站时间长不好受，垫一块厚布跪下，跪下割倒好受些……

那时候靠天吃饭，雨水缺，麦子长得稀，比现在的麦子好割一些。就那，一亩半，上千平方米啊，一镰一镰，多少镰？还别说颍上顶毒太阳！就你两个，别说一亩，就半亩，就二分地，也割不下来。

把纸放在窑洞窗台，放鸡蛋糕和麻饼的时候，我才想起给外甥没捎个哄嘴的。

路上，我想自己是不是心急了，见了库淑兰先剪后贴多颜色的新花样，没吃准嚼透呢，第二天就下村登门认人，要人家参加学习班；第三天就跑到了市上给程征看，八字没有一撇呢，还让李白颖知道了；第五天就送来一厚沓子纸……这个让人心酸心疼心里不是滋味的老婆子，能剪出名堂吗？但愿她能剪出来画面更多彩、表现力更强烈、内涵更丰富的作品。剪不出来，东方不亮西方亮，全县三十多个剪纸尖子，不定哪一个剪出旬邑，剪到西安，为旬邑露脸呢。到家门口，又一想，先剪后贴多颜色的新花样就库淑兰一个人啊，程征没见过，李白颖也没见过，"画特殊，特殊画"，让我上心的不就是这个嘛。这个"特殊"的苗苗长得大吗？对比我自己学画画儿，初学时候哪谈得上笔墨功夫，由着心思画。你两个看墙上这幅《庄稼汉》，是我一九七九年的作品，得了个省级奖。当时我已经三十三岁，画画儿十七八年，自我觉得手上有些笔墨功夫了。别笑话，不怕不识货，就怕货比货，跟大家的作品摆在一起，狗屁都不是。但当时就是那样觉得的。我画了十七八年，才有像样的作品。库淑兰先剪后贴多颜色的剪法才刚刚开始，仅仅剪了册页那十张，要剪出正式的作品，得好些好些时间熬啊。六十岁的人，还要做这么重的农活，熬得出来吗？

麦种撒到地里，一夜结不出麦穗儿。人再急，麦种不急。人变身替不了麦种。心急吃不了热豆腐，无为胜有为，不能让库淑兰感到压力。我对自己说，心放坦，不问不催，顺其自然，看那一厚沓纸能变成什么。

说私心话，我画画儿刚得了省级奖，心里热腾腾的，除了想把美术辅导工作干到人前头，还想自己画出一番名堂呢。

而再见到库淑兰，惊得我目瞪口呆。我的心太小了，盛不下库淑兰那把浑身生锈的老剪子，噢，金剪子。

原计划秋收后开班，没想到下起了霖雨，下得三水河泛了洪，全县干部投入抗洪抢险中。抢险毕，休息了几天，准备筹备开班，又一个没想到，我被抽调到县"建国以来党的若干历史问题的决议"宣讲团，一直讲到春节前。那年冬天雪下得时间长，天天踏雪宣讲。没办法，县上人手紧，遇事搭草台班子，四下里抽调人。

正月初二，我妹子刚进门，我就问库淑兰。

我妹子答，今年又是霖雨，又是大雪，淑兰姨出不了门，挖不成药，窝在窑里铰了一冬的纸，铰满了一窑！

铰满了一窑？

真的，铰满了一窑！

铰的什么呀？

哥，我说不清，你自己看。

正月初六追节，我早早儿地到我妹子屋，放下礼当，就跑上崖，奔到了窑门口，连喊两声姨，听见里头答一声"哎"，推开没漆水的老门板，进到窑里。

窑里光线暗，眼睛适应了一阵子，才看清自己站在五颜六色的花花草草里头。左右窑壁，炕围子，案板前头，窑顶，全是啊。我惊得瞪大了眼，张大了嘴。花草丛中，库淑兰坐在炕上，大眼睛盯着我，眼光里漾满喜悦，似说似唱：

今早眼皮跳得勤，

想着晌午来亲人。

一朵莲花一棵根，

亲人见了亲人亲，

亲呀亲，亲呀亲。

停了说唱，欢喜说，一窝窝人，大过年的，你没忘姨哟，快坐到炕上来，暖下子。

我这才灵醒过来，回话说，好我的姨，满窑的花把我的眼睛耀花了，这，这都是些什么花呀？

库淑兰呵呵笑，脸上显得意的神色，唱了起来。你两个听好了——

前山要采灵芝草，

后山又采牡丹花。

正月采花无花采哟，

二月里要采花没开。

三月采花桃花红似火，

四月采花梅子墙上开。

五月采花石榴树树开红花，

六月采花黄瓜开花一身刺。

七月采花茄子开花滴溜溜，

八月采花玫瑰开花红艳艳。

九月采花菊花开花人人爱，

十月采花松柏花儿层层开。

十冬腊月花开败哟！

腊梅花花开惹人爱。

哥哥说的巧呀！妹妹对的妙！

妙哟，妙哟，花儿都开了。

我唱得不好，你两个别笑话。库淑兰唱得好，一嘴旬邑土腔，味道浓很！这是我第一次听库淑兰唱这样的调调儿，觉得难以言说的新奇，便问，姨，你唱的是什么歌？

她答，采花歌，胡唱哩。

当时我没意识到这是她编的词儿。她说胡唱，我理解为随便、随意唱，没有理解到是编的意思，便又问，姨，这是什么调调儿？

胡唱呢，胡唱呢。

调调儿也是她编的。

她转身跪下，点着窑壁，姨给你说铰下的都是什么花。你看，这是桃花，这是梅花，这是莲花，这是菊花，这是牡丹花，这是芍药花，这是苜蓿花，这是海棠花，这是梨花，这是石榴花，这是兰花，这是水仙花，这是柿子花……

与现实中的花不同，不仅在花形上，更在颜色上，大红的，玫瑰红的，紫红的，粉红的，紫的，蓝的，黄的，橙的……每一朵花、每一簇花都有草叶、草丛衬托。跟花一样，草的剪法也千姿百态，不仅在剪法上，更在颜色上，深绿、浅绿、深蓝、浅蓝、天青、淡青……花和草繁繁密密，明明艳艳，看得我眼花缭乱。

千言万语不如看一眼。就像金平刚才，我怎样说我姨剪得好，不如他到屋看一眼《剪花娘子》。

花草丛中有蝴蝶，还有穿梭的鸟儿。蝴蝶五颜六色，鸟儿也五颜六色。更叫绝的是窑顶，有太阳，有月亮，有油灯，有电灯泡。太阳红光四射，中间却坐一个红衣裳小人儿。小人儿周围撒黄色的圆圈。月亮蓝，中间坐一个黑衣裳小人儿。小人儿周围也撒黄色的圆圈。圆月亮内，小人儿一边，还有一个扁月亮。油灯圆圆的，长出一朵花来。电灯泡挂在两片对称绿叶中间的花朵上，灯泡红，钨丝黄，黄上面撒绿色的圆圈。这样的圆圈，五颜六色，花草丛中也撒了好些。

我问，太阳中间的红衣裳小人儿是谁？

女人。

为什么是女人？

女人害羞哟，怕人瞅清她的模样！谁要盯住她看，她就用绣花针刺，哼，看不成！一窝窝人，你定住眼能瞅太阳不？瞅不成啊，太阳跟女人一样，刺你哩。

月亮中的黑衣裳小人儿是谁？

男人。

为什么是男人？

月亮是男人变下的，胆子大，敢一个人黑间出来在野地里走，你看，手上握一把刀呢。

我上了炕，站在炕边仰头看，穿黑衣裳的小人手上真握一把刀。

为什么圆月亮里还有扁月亮？

看你这娃说的，月亮有圆的时候也有扁的时候啊。

为什么油灯长出花？

好看呀。

为什么电灯泡的钨丝是黄的？

钨丝是什么？

库淑兰反问我。我明白了，她只是见过电灯，不知道钨丝是什么，便问，为什么电灯泡里头有黄叶子？

好看呀。

为什么撒那么多的圆圈？

好看呀。

库淑兰花草的好看跟白凤莲花草的好看不一样。对，就是刚才说的安塞白凤莲。白凤莲的花草来自传统。传统剪纸的花草，不仅包括牡丹、莲花、梅花、石榴、佛手等花果，还包括树竹、云石、鱼虫、寿字、万字等。剪纸人通过花草的不同组合，表达主题。各地花草剪法风格不同，陕北有唐宋遗风，花头多添加复合造型；关中多受明清绘画影响，花头多表现花瓣的繁密。陕南巴蜀风格明显，花头多为团块状。库淑兰呢？

在我见过的花草纹样里，没有一种与库淑兰的相同。也就是说，库淑兰花草的剪法，跟我见过的剪法都不同。说她现代吧，却有传统造型的影子；说她传统吧，却有强烈的现代变形；说她质朴吧，却有艳丽之美；说她艳丽吧，却没有丝毫的俗气；说她烦琐重叠吧，却厚重深沉……并且，套贴、拼贴、堆贴手法高超，色彩搭配、过渡、重叠浑然天成。

我下了炕，姨，太好了，太好了！你是怎么剪出来的呀？

我胡剪呢。

这么好看，怎么能说是胡剪呢？

就是胡剪呢，想到哪里剪到哪里。

拼贴时候怎么想的？

不想哟，怎么好看怎么贴。

刚刚说了，人有天分。天分分等级。拿我跟我姨比，《三国演义》里徐庶的话最恰当，犹如萤火之光比皓月之明，驽马比麒麟，寒鸦比鸾凤。我上过学，受过教育，我姨呢？一辈子窝在偏远穷苦的富村，谁教她？

她是天才啊！

如果真是天才，问题来了，怎么活到了六十岁才开始显露非凡的艺术才华？难道就差我送来的这几沓五颜六色的蜡光纸？我定睛看着她，看得出神。

库淑兰停住笑，怯怯地问，公家人，嫌我把你的纸糟蹋了？

我叫起来，好我的姨哟，你胡想什么呀，只要你愿意这样糟蹋，想糟蹋多少糟蹋多少！

那你为什么颡上起那么大个疙瘩？

姨，这么大个疙瘩呀，是我想不通你怎么剪得这么好，而我怎么剪不出来？

你给公家做正经事呢，谝这闲传做什么？姨专意给你铰了个祥物，你拿回去挂在屋里，什么怪物邪祟都不敢惹你身。

她转身爬到炕头。那儿架了一块木板。木板上有一摞旧棉絮，揭开一层，取出个直径一尺大小圆圆的东西，镂空的，金绿相间的边，五颜六色的心儿，有动物，有花草。圆东西吊三条坠子，中间长，两边短，也是花花绿绿的。这是什么呀？雍容富贵，类似我在老画里见过的挂屏；艳丽夺目，类似我在外国油画里见过的壁挂。

淑兰姨指点着，你看，这是蚧蚾蛙。

蚧蚾蛙？眼睛黄圈套绿圈再套黄圈，背上是"M"状的一条条几何条纹，五颜六色；前腿像拉长的葫芦瓶；后腿像小娃娃伸开的小胳膊；周围一朵朵小花，红花金蕊，白花绿蕊，金花红蕊，朵朵不一样。

你看，这是蜘蛛。

蜘蛛？上下左右三条黑须从花茎上伸开，包裹一簇花，花上长绿圈的眼睛。

你看，这是蛇。

蛇？弯曲的蛇身"长"满五颜六色的圆圈，头却不是蛇了，变作彩鸟红红的尖喙。

你看，这是蝎子，这是壁虎……

我着急了，姨，这到底是什么？

五毒呀，以毒攻毒，辟邪，保佑你一家子太太平平。一窝窝人，瞅着你送来的颜色纸，我老婆子想了三晚夕，做了三白日，专给你的。

我心里颤，眼里潮。淑兰姨转过身，爬到旧棉絮跟前，又揭开一层，拿出一张剪纸；再揭开一层，拿出一张剪纸；再揭开……满共拿出十五张，捧着爬回来，放在炕边，拿起一张一张，念叨说，这是《梅花》，这是《凤凰戏牡丹》，这是《鸟望月》，这是《鹊儿探梅》，这是《三果花》，这是《为儿不如为老汉》，这是《青叶落黄叶掉》，这是《杀牛》，这是《慰心子》，这是《我瓜老碗大》，这是《逗逗鸽》，这是《摘辣椒》，这是《不吃搅团再吃啥》……

念叨完，盯着我，一窝窝人，这都是我铰得好的，贴在墙上的都是铰得不好的。

姨，墙上的花怎么不好了？

不合我的心，怎么好？你看这个，试了七八上十遍呢，还是不合我的心。

她说的是炕围子的《三果花》，一溜儿，全是。花和果的位置、造型、颜色，每一幅都不一样；很明显，她在反复地比对、试验，探寻最佳表现。依我的眼，每一幅都好看。

姨，都好，都能给我。

不合我的心，给到你手里，辱没人家的眼，丢我金剪子的人。

姨，不合你的心，合我的心呀。姨，二月二龙抬头，学习班那天开，你指住来。我指住把钱的事办好，不让你作难。

淑兰姨脸上显着羞赧，眼睛望窑顶，慢声说，我不受作难，你受作难了。

我不受作难，姨，你别多想。

我拿起《不吃搅团再吃啥》，问，姨，为什么叫这个名字？

她不说话，唱了起来，唱着唱着，站起来，在炕上舞蹈，舞姿七扭八拐，惊得我张大了嘴。

天黑地雾朵儿黑，

吆上黑牛种荞麦。

揭一回地拐三弯，

揭了三回拐九弯。

按住犁把稳住鞭，

让我黑牛缓一缓。

肠子拧绳肚子翻，

还不见老婆来送饭。

左手提着竹笼笼，

右手提的双耳罐。

站在地头往里看，

咋不见老汉在那边。

吃哩啥饭？

吃哩搅团。

前日个吃搅团，

夜来又是吃搅团。

今日早该变个样，

怎么还是吃搅团？

柴又湿来烟又大，

碗沟沟锅里下不下，

刀有豁豁案又洼，

擀杖就像辘轳把。

锅板四片锅四匝，

筷篱没颡勺没把。

怀里揣里你碎大，

不吃搅团再吃啥？

　　舞蹈毕，瘫坐在炕上，仰面朝天大笑，笑声脆响。我正要说话，猛地，窑洞深处传来一声吼，人来疯病又犯了！

　　原来窑里还有人啊。我往里细瞅，才看清宝印叔坐在窑洞深处。我招呼道，叔，在呢，年里好。

　　宝印叔不应，不动。

　　库淑兰朝窑里瞪，你别管我的事。

　　转头向我，一窝窝人，咱说咱的，不理他。

那一声吼，窑洞里的气氛立时变了。我不知道该说什么好，看见棉絮，便问，怎么把铰下的花放在棉絮里头？

潮气大，姨怕把颜色潮掉了，叫老二寻了块木板，要了你妹子不要的旧被子，拆了，把花放在棉絮里头，隔潮。

你两个别哎哎，也别嘘嘘，金平，你雕塑成的作品不这样爱吗？小麻，你画好的画儿不这样爱吗？作品跟自己的娃娃一样啊！

我掏出十块钱 —— 兜里只有十块钱。那时候身上揣十块钱，在县上一般事情打不住手 —— 放在炕上，说，姨，过年呢，我也没给你买什么……

哎哟哟，你这娃哟，把姨看成什么人了，姨怎么能要你的钱！

姨，你铰了这么多的花……

哎哟哟，姨铰花铰得日子不空了，铰得心里喜悦，糟蹋了你那么多的纸，怎么还能要你的钱？

姨，我已经把钱拿出来了，你怎么让我装回去……

哎哟哟，不成，不成哟……

淑兰姨突然住了声，向我身旁看。我扭头，宝印叔瞪淑兰姨的手呢。淑兰姨手捏那十块钱，一次一次塞还我，都被我挡了回去。我抓过淑兰姨手上的钱，递给宝印叔。他一把抓住，不看我，不吭声，转身走回窑里。

淑兰姨指戳宝印叔后背，吼叫，越老脸皮越厚，厚得跟城墙一样哟。

你两个别喊叫，跟刚的话一样，就怨穷吧。我高兴呢，十块钱给出去了。不管是淑兰姨接，还是宝印叔接，一样啊。

真是一窝窝人，心长得跟长面一样！姨给你做饭，别害怕，姨不给你打搅团，咱擀长面。

我硬推辞了，拿了"五毒"和剪纸，硬是出了窑洞。

出门之先，我瞅了瞅，一盘炕，一盖被，光芦席，中间搁炕桌，炕桌上搁笸篮，笸篮里搁生锈的大剪子和碎纸片。炕和灶通连着，灶火可热炕。真像刚唱的，那灶火地方，碗沟沟锅，刀有豁豁案又注，擀杖就像辘轳把。锅板四片锅四匝，笊篱没颡勺没把……柴烟、潮霉、腌酸黄菜的味道，还有说不清的怪味，混合的气味填满了窑洞，不好闻。我长出一口气，心里感叹，王宝钏的寒窑，恓惶啊。回身看，怪了，这么恓惶，剪纸里怎么一丝一毫都显不出？说唱里怎么一丝一毫都听不出？舞蹈里怎么一丝一毫都看不出？《不吃搅团再吃啥》，多诙谐，唱完之后的仰头大笑多醋畅。《我瓜老碗大》多调皮，画面是繁花丛中的彩色瓜果。以后，我请教库淑兰，她唱道：

干啥哩？

走路哩。

走路不要偷我瓜。

你瓜怎么大？

我瓜老碗大。

《逗逗鸪》多纯净、天然，不见一丝一毫的难肠和忧愁。画面是两只啄木鸟，红喙相对。我以后请教库淑兰，她唱道：

逗逗鸪，鸪逗逗，

鸪下咱俩吃肉肉。

你两个别急呀，这些都在纪念馆，明天都能看到。可惜的是，当时我没有超前意识，也没有录音、录像条件，没能把库淑兰唱和跳的精彩片段录下来。

回到我妹子屋，我一心想学习班尽快开班，好把库淑兰这个"特殊"新人介绍给学员们。

第五章

对，对，库淑兰的眼睛是照相机，库淑兰的脑子是电脑，库淑兰的手是彩色复印机。《迎亲图》不知道怎样一丝不差地『刻』在了她心上，不知道怎样一丝不差地从她手上『冒』了出来。

没想到，学员们并不接受库淑兰这个"特殊"新人，库淑兰也难以接受学习班的生活和学习。

　　先说吃吧。第一顿，中午饭，汤面片。是的，学习班自己办灶，省。库淑兰到的时候九点多，早饭没了。她皱眉。我看她想吃，说到街上去买。她死活拦，不让我去。我想顶一顶就到午饭点了，就没再坚持。十二点，请她去伙房吃饭。她瞪眼，这时候吃什么饭？我说，午饭呀。她说，还得好一时呢。我明白了，她按村里的习惯，一天两顿，早九十点，后响三四点。我赶紧说，怪我，早饭都没让你吃，你就当这是早饭吧。她端起汤面片，吃了一口，忽地"哇"一声吐了，放下碗，手在胸膛上下扑搓。我吓了一跳，问，怎么了？

　　她不接话，走到水桶跟前，舀起一瓢水，走到门外，喝一口吐一口，漱口呢。漱了三次，对我说，饭里有荤呢。

　　我问，你吃素？

　　她点点头，说，活到这么大，没动过荤。

我暗想，汤面片里没有肉呀。叫来做饭的，原来下锅菜是用大油炒的。怎么办？

库淑兰说，有个蒸馍就行。

我心里不得成，让做饭的给她下了碗挂面，下锅菜就一根菠菜，调了盐、醋。库淑兰吃了，说，这就好得很。

以后呢，早饭，跟大家一样，稀饭蒸馍咸菜；午饭，大家吃大家的，大油便宜，炒菜少不了。没法儿，她顿顿吃挂面或白面片；晚饭呢，好办，她不吃。

有一天中午吃大肉烩菜，学员们一个个吃得香，看吃白面片的库淑兰，都唉唉地叹，老婆子命穷，享不了福啊。

穿呢，别的好说，难肠在裹脚布上。头一晚，听何爱叶讲，库淑兰的裹脚布解开一层，一房子人的鼻子和脑子就难受一层。房里头那个味道啊，没闻过的那种臭，怪臭怪臭，不但往鼻子里钻，还往脑子里钻。二月倒春寒，冷，何爱叶硬是打开了窗子。打开窗子还不行，跟门房要了一把铁锨，一双双眼睛瞪着，把裹脚布挑到了门外。库淑兰惊讶，问，你们一个个都怎么了？臭，我怎么闻不着？

我想起在库淑兰窑洞里闻到的说不清的味道，可能就是这个吧。我让何爱叶带库淑兰去澡堂子洗澡。库淑兰死活不，说，在旁人跟前脱得精溜溜的，成什么话？

没法儿，第二天，何爱叶自己花钱，给库淑兰做了一条新裹脚布，还买了个新盆子，让库淑兰洗了脚。旧裹脚布库淑兰舍不得扔，何爱叶在洗脚盆里泡了两天，换过水，又泡了一天，勉强洗了。何爱叶当时三十多岁，在班里属年轻一辈儿。她男人是乡里教师，月月有工资，比旁的妇女手头活便。跟何爱叶一般大，三四十岁的，有十五六个。五十多岁六十岁，库淑兰一辈的，十二三个。怪了，这一辈人里，裹小脚的就库淑兰一个。再就是上七十岁了，有六个，五个裹小脚。人家的裹脚布都没什么怪味道。我夸何爱叶为库淑兰洗裹脚布。她摆手，别说我是为大家，我是为我自己呢，闻那股子怪臭，怎么睡得着啊。何爱叶爱好，干净人，现在近七十岁了，剪得好，早就是省级非遗传人了。

再说住吧。如果说现在的条件是天上，那时候的条件绝对不是地上，而是地下，地洞啊。现在最一般的条件，那时候不是想不想、敢不敢想，而是根本不可能想得到。标准间，谁见过？刚说了，怎样的环境逼怎么样的人。还可以说，不用逼，就那样的环境，人会自觉地去适应。金平说得好，对，人是环境的产物。学习班的宿舍是大通铺，硬板床，学员自带被褥和生活用品。那时候只能提供这样的条件。包括上七十岁的老人，没有一个人提意见、发牢骚。能被县上挑选中，参加剪纸学习班，对一个农村妇女来讲，那是一份光荣啊，不仅仅是她自己，是她一门全家啊。现在还那样办班的话，估计半个学员都叫不来。那时候，那样的环境，那样的条件，不操心学员们不接受。为照顾小脚老人，我专意安排年轻学员挨她们睡，起夜呀，洗涮呀，有个照应。对库淑兰，我也这样，安排了个年轻人挨她睡。睡到第三天，大清早，这个年轻人对我说，文老师，我家里有事，回呀。开班之前要求过的，料理好家中事情，中途不得随意回家。我问怎么回事，年轻人脸色不好看，不应我的话，扭头就回了。真要是家里有事，回就回吧。我把何爱叶叫到一旁，让她挨库淑兰睡。

何爱叶瞪我，一脸不情愿。

我说，裹脚布都洗了，好事做到底。库淑兰虽然这样，可是爱剪纸啊。看在剪纸的面上，你就将就将就吧。再一个，你是班长啊。

何爱叶爱剪纸，爱屋及乌，也爱剪纸人，跟全班老的小的都处得好。我封她为班长。我？班主任。班主任的话说到向上了，何爱叶挨了库淑兰睡。结果睡了一晚夕就炸了，第二天一大早朝我吼，难怪那个拧身回家了，淑兰姨身上有虱啊，跑得我浑身都是，我也回呀！

班长怎么能甩手回家啊！

我笑，你爸你妈、你婆你爷身上没有虱？有啥大惊小怪的。

旬邑人住窑洞，睡土炕，一年里就过年前到县里洗那么一回澡，好一些人一年里一回也洗不了。那时候，谁家敢说没有虱？只是多少问题。爱好人家勤换洗，少些；不爱好人家换洗少，多些。剪纸好的妇女，心灵手巧，大都是爱好人，当然少了。你两个小时候见过吧，村里老汉圪蹴在墙根儿晒暖暖，比逮虱呢。肥的大的，丢进嘴里当肉吃哩。哈哈哈，就是，你吃我，我也吃你。身上有虱不丢人。

何爱叶瞪我，我爸我妈、我婆我爷的虱我没办法，旁人的虱跑我身上不得成。

我又笑，钻地的老鼠，嚓你家粮食，你分得清它是谁家的？虱和老鼠一样，不分你家我家。你是一班之长，你走了，咱的班就塌火了。班塌火了不要紧，今后咱还剪纸不？好人做到底，就当库淑兰是你妈。

作为公家人，又是班主任，说话还是有些分量的。何爱叶好啊，听了我的话，给库淑兰买了一身新内衣，又买了一瓶敌敌畏。晚上，待库淑兰睡下了，把她的内衣提了出去。

黑间，我不可能去妇女们的宿舍呀。第二天一早，刚到教室门口，我就被围了。这个说，库淑兰内衣上的虱抖不净，用笤帚扫呢，一扫一疙瘩；那个说，爱叶用完了一瓶子敌敌畏；还有个说，老婆子平日怎么受啊……

正叽喳呢，库淑兰走过来，对我笑，说，叶叶娃是菩萨跟前的人，心善，手巧，我叫她给我当干女子哩。

瞅了瞅我跟前围拥的人，库淑兰扑闪大眼睛，欠下人家虱的，人家能把我饶了？你们一个个有福，不欠虱的，虱不咬你们。

说得一个个眼珠子瓷愣愣。

何爱叶给我说，哪用了一瓶子敌敌畏，半瓶都不到，在库淑兰床板左右洒了两道子，拦挡虱；还给洗库淑兰内衣的盆子里滴了些，让虱不得活。

一九九〇年，县上领导考虑让库淑兰搬到县城住，方便些。我吹了吹风。库淑兰听了，微微一笑，唱了起来：

> 早一日真经念数遍，
>
> 逃出劫运是神仙。
>
> 北斗尊经免罪前，
>
> 回头望运悟心起，
>
> 入果梵离免罪前，
>
> 转身腾云上西天。
>
> 改过忏善听吾言。
>
> 宁到西天拉长工，

误入困境休放弃，

不到东京坐宰星。

　　我虽然不明白唱的是什么意思，但听懂了库淑兰不愿意去县城住。这时候的库淑兰，已经跟第一次参加学习班时候不可同日而语了。越来越多的人知道了库淑兰，慕名拜访学习的不少，其中不乏一些很有名气的艺术家，还有一些酷爱民间艺术的领导。窑洞那里的条件太简陋了。库淑兰本人无所谓，县上有所谓啊！见她不愿意住县城，县政府筹措下拨了一笔资金，让村上解决库淑兰生活上的困难。刚好，村上盖起了一排红砖房，就是今天扔蜡光纸那儿，计划用作村委会的，当即收拾出来，先给库淑兰和孙宝银老两口儿住。说得清，免费住，住到殁，产权是村委会的。是的，小麻说得对，库淑兰一辈子只有过自己的窑洞，没有过自己的房产，到死都没有。

　　接着说。开班之先两天，我给库淑兰送钱去，十五天，十二元。宝印叔伸手接了，看我一眼，眼神里有话，嘿，天底下真有这样的好事啊，上学发钱！说到怎么到县上去，我说安排公社文化干事用自行车驮。那时候，富村归赤道公社。开班有一个小仪式，领导讲话哩，各公社文化干事必须参加。

库淑兰说，不麻烦人，一窝窝人，你忙你的大事情，我这些碎事情不要你操心。

结果呢？第二天迎住她，问她怎么来的。她低头指一指小脚，抬头微笑，用这量来的，天刚亮出的门。

我板脸，瞪她，人家用自行车驮你多好，非要受这个罪，二十多里呢。库淑兰看一看我的脚，似说似唱：

> 大脚望着碎脚爱，
>
> 不知碎脚怎走来；
>
> 走一程来歇一程，
>
> 歪歪扭扭不得快，
>
> 不得快。
>
> 不得快来不得快，
>
> 公家人着气眼窝歪，
>
> 眼窝歪。

说唱完，咯咯笑起来。见我愣神，又说，咱没那福，除了坐架子车，坐什么车都不好受。

我愣神做什么？我突然意识到，库淑兰嘴里看似随意冒出来的唱词，不是学下人家的口口，是现编的啊！一刹那，这个认识印在了我脑子里。

除了坐架子车，坐什么车都难受。那时候，汽车稀罕，全县就一辆吉普车。难道坐驴车、牛车、自行车也难受？

回去时候，我送她，要她坐我自行车。她拗不过，坐了。我骑了不到一百米，她就喊叫晕得不行，下了车，蹲下吐，吐不出，干嗓子嚎了好一会儿。真是，自行车的福都享不了，只得背着被褥，迈开小脚，一步一步往回走。

　　看着她越来越远、越来越小的背影，我心里不好受得很。

　　以后的学习班，她都是走来走回。噢，只一回，宝印叔拉架子车送她来的。

　　几年之后，因为要带库淑兰出门，我才理解了她说坐车的话，除了架子车，拖拉机、机动三轮车、面包车、小卧车、长途汽车、火车、飞机，任何机动的车辆，她都坐不了，上去就晕，就吐。去咸阳，去西安，去北京，大大小小的展览，人前露脸的活儿，都归了我。除了香港，库淑兰哪儿都没去过。一九九七年十一月去香港，陕西省文化厅厅长亲自点名库淑兰，向香港同胞展示黄土地传统文化的魅力，不去不行啊。县里跟库淑兰二儿签了生死协议，万一不测，县上没有法律责任，但后事由县上来操办，再给些补偿。只有协议不行，得想办法让库淑兰坐车啊。好在厅长有办法，请省上的医生来富村检查诊断了一番，开了一种针剂，让上车前打一针。打了，库淑兰不犯晕，不吐了，但人不自在，不舒服，蔫蔫儿的。为万无一失，没敢坐飞机，坐的是火车。除库淑兰和照顾她的王西梅睡软卧，其余的人，包括厅长，都睡硬卧。

吃穿住行再艰苦，都可以克服。不可以克服的、难以克服的，或者说不可以融通、难以融通的，是剪纸的路数，或者说流派。流派这个词太大，不合适；派别、风格，也不合适，还太大。对了，就用习惯这个词吧。小小的剪纸班，虽然只有三十多号农村妇女，清一色的旬邑人，但各人的剪纸习惯、路数还是不同的。一棵树上没有相同的两片叶子，人世间没有相同的两个人。金平这话好。全班学员的剪纸习惯、路数大约分为三类。

一是传承型。那六个上七十岁的，库淑兰那一辈人中的七个，何爱叶那一辈人中的两个，不论花样，还是剪法，都是上一辈人手把手教下的，学得不折不扣。一位小脚老婆子，有心人，把她婆子的妈，清代人，传下的十二生肖贺囍样子保存得完完好好。对，文物啊。她婆子、婆子的妈，都是剪纸高手。老婆子认真，手上功夫深，剪出来的跟祖上传下来的，不差丝毫。这些传承型的人，各人心里都揣着上一辈人手把手教下的拿手本事，虽然花样不同，但习惯、路数基本相同，都属于传统型剪纸。

二是创新型。除了传承型那些人，除了库淑兰，剩下的都是创新型的人。这里所谓的创新，就是紧跟形势，形势需要什么，上头要什么，就剪什么。对，就是刚讲的"领导出题目，艺术干部出点子，群众出手工"。之前，旬邑有过一支"红剪刀"队伍，剪得有声有色，在咸阳地区影响不小，引起过省上的关注。何爱叶和一位姓袁的妇女，就是"红剪刀"队伍里的两位名手。何爱叶出名早，十六七岁。"红剪刀"这个名字怎么来的？祖国山河一片红，起名字怎能不带红？户县农民画画家队伍就叫"红画兵"。这一类人都有传统功底，脑子活，善于把传统技法、民间元素和当前形势结合起来。当然了，这个结合，绝不是她们自己能够独立完成的。她们的可贵之处，就是能够用她们的巧手把上头给的题目和点子表现出来。何爱叶这样的高手，表现得更为生动，更能"创新"。跟我照猫画虎的那些宣传画差不多，原创不是画家一个人可以完成的。大有大的庙堂，小有小的道场。

　　三是胡闹型。不用说，就剩下库淑兰了。胡闹这个话，全班众口一词，不管传承型的，还是创新型的。这是我万万没有料想到的。之前想，大家看了库淑兰先剪后贴多颜色的新花样，跟我一样，跟你两个一样，都会万分惊讶、惊奇、惊叹，从而对库淑兰产生由衷的尊敬、敬佩，甚至敬仰。但她们不是这样。

为什么她们跟咱们三个的反应不一样？

她们都是剪纸高手，眼里只有自己的剪纸。她们认为，库淑兰这一套不是剪纸，是耍把戏哩。把戏耍不下去了，才花里胡哨地乱贴。你们两个都见过传统剪纸吧，再复杂的花样，一剪到底，剪完，小心翼翼扯开，浑然一体。库淑兰先剪后贴多颜色不是这样，东一块，西一块，南一疙瘩，北一疙瘩，散的。传承型这些人我理解，她们只认祖上传下来的样子；不按祖上传下来的样子剪，在她们眼里就是胡闹。创新型这些人我就不理解了，库淑兰不也是创新吗？何爱叶说，怎样剪、怎样贴放在其次，剪的是什么意思啊，跟政策一点儿都不黏连。我一下子明白了，噢，库淑兰的剪子不会跟形势。

我喜欢的、想要的就是她的"不会跟形势"啊。

库淑兰不为大家所接受，怎么办？

有所为有所不为，无为胜有为。我说，学习班是学习的地方，不是定秤给结论的地方，传统好还是创新好，库淑兰是不是胡闹，不是你，不是我，也不是咱们这个学习班能够定秤给结论的，出水才见两腿泥。一句话，不管你是传统的、创新的，还是库淑兰先剪后贴多颜色的，只要好，好出了旬邑，好出了咸阳，好进了大世面，自有人定秤给结论。最后我说，跟种庄稼一样，少说话，多做活，日子能不能过到人前头，打下的粮食斤两会说话。

"胡闹"这一场风波，是在剪纸学习班开班的第四天，我给大家展示库淑兰《不吃搅团再吃啥》引起的。画面右边，站立个罗圈腿的汉子，白胡须，右手持锄，左手拿伞，黑、蓝相间的衣裤，黑眼珠外套黄圈圈。有意思的是，额头贴了个光芒四射的太阳，小腹之上，长出一朵黄色花朵来，红色花蕊。画面右，上，一头红牛在槽头吃草料；下，一头黑驴在槽头吃草料，槽头用三条绿横线、两条绿竖线表示了。有意思的是，牛和驴身上，装饰了不少五颜六色的圆圈；牛和驴之间，是三丛蓝色的草。画面正中，上，一红一黑两只展翅的鸟儿；中，一支旱烟管儿，从汉子肩膀处横过来，烟锅黑色，烟管赭红，烟袋大红，烟袋的吊绳大绿，吊绳与烟管连接的地方是一朵白花，镶绿边；下，是一条跳起来的卷尾巴狗，五彩的身子……我还没来得及讲这幅作品好在哪里，只讲这是咱班库淑兰老师的作品，风波就起了。

第一天，我展示的是安塞剪纸《放猪》。第二天，展示的是洛川剪纸《迎亲图》。第三天，展示的是户县农民画《春锄》。不像现在，讲课请专家教授，那时候，请不起啊，班主任是我，讲课还是我。我讲课简单，每天展示一幅民间艺术优秀作品，讲一讲特点和内涵，十多分钟，然后请大家动手，照剪行，不照剪也行，剪什么都行，完全自由。我不灌输理论。不是说理论没有用，是灌输理论不合适，她们听不懂啊。理论再好，抵不住一颗慧心、一双巧手。优秀作品自会启发慧心。多剪勤剪自能成就巧手。晚饭前半钟头，大家把剪好的作品都贴上黑板，互相评点。根据大家评点的意见，把最受好评的作品贴在教室墙上，直至学习班结束。为什么把库淑兰的作品放在第四天展示？大家有个相互熟悉的过程，也有个对作品由浅入深、循序渐进的认识过程。在我的心目中，《不吃搅团再吃啥》的艺术水准不一般，不一般很。

多年以后，上了些岁数，多经了些人事，好些原先想不通的理自然想通了。有天晚上躺下，我猛地想通了众口一词说"胡闹"的原因：外来和尚好念经，熟人眼里无伟人。如果不讲明《不吃搅团再吃啥》是库淑兰的作品，而是西安、北京某个艺术大家的作品，不可能当即众口一词说"胡闹"吧。即使有人真的看不上眼，心里也得嘀咕一下，是不是我看不了、看不懂？

让子弹飞一会儿。借用这句时兴话，见班里乱腾起来，我没有立即制止，而是走下讲台，到库淑兰跟前，说，库老师，给你买剪子去吧。

库淑兰站起来，安然地说，文老师，我有钱，我自己买，你把我领到地方就行。

出了教室门，我说，库老师，没想到……我的话未完，库淑兰摆手，一边朝前走，一边唱：

> 崖背上跳出一棵苗，
>
> 老婆爱，老汉踹，
>
> 一把揪起撇天外；
>
> 天上飞来一坨云，
>
> 太阳爱，月不爱，
>
> 雨点唰唰啦啦落得快。

唱完，面对我，大度地说，文老师，没一点点事，库老师的心没天那么大，但比针尖尖大得多。

你两个听听，旁人说库淑兰"胡闹"，库淑兰压根儿没往心上去呀，而且，辩证思维，世上万事万物，有爱的人，就有不爱的人。

为什么互称老师？虽然叫学习班，虽然我是班主任兼老师，但学员们不是真正的学生，个个都是剪纸高手啊。私底下，除了比我小几岁的何爱叶，其他我不是叫姐叫嫂，就是叫姨呢。学习班是公家事。公家事就得像公家的样子，不能胡叫冒答应。大家叫我老师，我也叫大家老师。猛地被叫老师，库淑兰接受不了，悄悄问我，一窝窝人，认不得字也能当老师？

在库淑兰心目中，老师就是教书先生呀。我回答，老师跟师傅的意思差不多，打铁的不是叫师傅么？手艺人，只要手艺好，都叫老师。你的花铰得好，你就是库老师。

库淑兰摇一摇头，不信，但接受了"库老师"的叫法。过了半晌，她拽住我，我想清白了，跟猫叫咪、娃叫儿、太阳叫爷一样。

我点头，就是，就是。

对我，她仅仅在班上叫"文老师"，下了课，还是我叫"一窝窝人"。

为什么买剪子？库淑兰没带她那生锈的金剪子。她说，以为学习就是听老师讲，用笔写，没想着用剪子。家里没有笔，有，也写不了。

我有一把剪纸专用剪，给她。她不要，嫌太小，不称手。剪纸专用剪小而尖，能剪细剪精，特别是在拐弯抹角处最显好用。不称手，那就买新的吧。她说，换地方了，心不瓷实，动剪子心慌，等下子。第二天、第三天，她都说急什么呀，看大家铰一样的。没想到，我有意让她"回避"风波的"买剪子"，她竟爽快地答应了。在百货商店，库淑兰挑了一把大号剪子，找了片废纸试了试，高兴得很，说，称手，小剪子急人，还是大剪子快活，手底下出活儿。我要付钱，她死活不成，解开大襟衫的纽襻，伸手进去，掏出来一元钱。剪子八毛，找回的二毛，她小心翼翼地装好，系好纽襻。

回到班上，大家看见她手上的剪子，哄地笑起来，买瞎了，买瞎了，这是铰布的剪子，不是剪纸的剪子啊！

库淑兰笑一笑，没理会，坐在课桌前，动开了剪子。我也笑一笑，走上讲台，讲了"定秤给结论"那一段话，勉强平息住风波。

十多分钟，我走下讲台，库淑兰放下剪子，剪完了。我到她跟前，拿起她刚刚剪好的叠纸，抖了几抖，画面出来了，哎呀，是《迎亲图》，一剪连到底，浑然天成，跟展示的样子一模一样，一丝一毫不差啊！

当时班上的景象，你两个想象得来不？

对，对，库淑兰的眼睛是照相机，库淑兰的脑子是电脑，库淑兰的手是彩色复印机。《迎亲图》不知道怎样一丝不差地"刻"在了她心上，不知道怎样一丝不差地从她手上"冒"了出来。

我的心突突地跳，不出声地喊，天才，天才啊！

《迎亲图》是传统图样，画面繁密，拐弯抹角多，不好剪、剪不快，顶快的快手也得半个钟头才能剪成。

全班人都瞪大了眼，没一个人说话。

刚才说，旁人说"胡闹"，库淑兰压根儿没往心上去。不对啊，去了，去到心里头了！

老婆子不跟人拌嘴，用剪子说话。

学习班结束，我送她回，上自行车之前，她说，一窝窝人，以后再办学习班，别再叫我。

怎么了？

这一趟世事我经了，一天不做什么，白拿公家八毛钱，心里不美很。

我知道，她不愿再来学习班的原因不在这儿。

在哪儿？

虽然露了一手把大家震住了，但先剪后贴多颜色的新花样还是没人叫好，都还认为是"胡闹"。

你两个有这样的感觉没有，搞艺术的人一般都很自信，甚至自负。好一些人自信、自负到只觉得自己的作品好，别人的作品压根儿看不到眼里去。班里的学员虽然都是农村妇女，但也是搞艺术的呀！能挑选到县上来，谁手上没两下子？

脏脏兮兮、寒寒碜碜的库淑兰怎能凭花里胡哨的"胡闹"彻底服人？

第 六 章

对库淑兰而言，参加不参加学习班不重要。重要的是让她的剪子不停，剪，剪，剪；手不停，贴，贴，贴，尽情地、无遮拦地把她的艺术天才展现出来。

转过弯，库淑兰的背影看不见了，我还站在街边出神。想什么？

不能为辅导而辅导。

对库淑兰而言，参加不参加学习班不重要。重要的是让她的剪子不停，剪，剪，剪；手不停，贴，贴，贴，尽情地、无遮拦地把她的艺术天才展现出来。

怎样才能让她不停地剪、不停地贴？

一要纸。好的蜡光纸，尽可能多的颜色。

二要背板。库淑兰先剪后贴，贴在什么上？跟做鞋褙子一样，她把一张一张旧报纸裱贴起来，变厚，覆一张白色蜡光纸做面 —— 最早是普通的白纸 —— 当作背板，然后把剪好的花样粘上去。你两个可以想见，这样的背板效果肯定不佳，而且，过不了多长时间，就会变形，画面变得凸凹不平，一幅作品很有可能因此而毁掉。为什么不做质量好的背板呢？这样剪纸作品既能得到更好、更长久的呈现，还节约了时间 —— 库淑兰的时间不必浪费在背板的制作上。

三要收购钱。要把库淑兰从繁重的农活和繁杂的家务中解脱出来，最直接的办法，就是把她的作品变成钱——艺术劳动不是宝印叔说的谝闲传，比平常劳动的价值更大。

四要跑腿钱。把库淑兰的作品收购来，不是放在仓库里，而是要像户县农民画那样打出去，在全省，甚至全国打响。打出去就得跑腿，近处，咸阳、西安；远处，北京，请艺术大家们评说、传扬。

我？每月工资三十八元四角二分，"一头沉"——那时候这样的家庭不少，男人在外工作，媳妇在家务农——上有老，下有小；再加上我自己画画，笔墨纸砚也费钱啊。当然，我也可以像之前那样，只给库淑兰供些蜡光纸，她剪成怎样就怎样，剪多少就多少，挑出来好的，例行公事，随全县的优秀剪纸作品报送到市上、省上，能不能出头，就看她的造化了。可是，如果这样，我心上不得成啊！对，对，金平，就像跑家跑到一件钟爱的古董，不可能因为一时买不到手，就不当回事，丢下不管了。对，对，肯定千方百计，想尽一切办法得到手。对，对，急得睡不着觉，吃不下饭，心上火烧火燎的——不是因为钱，是因为爱啊。人怪得很，一旦爱上啥，抓不到手，丢心不下啊。小麻说得好，见到一幅好画儿，魂儿离了身，跟好画儿走了。

我个人的力量太有限了，一二三四要行得通，办得到，得靠组织，得给领导说话。

领导却不这样想。

我拟了份报告，要七百元，其中五百元用给库淑兰，二百元我跑腿。报告递上去一星期，领导叫我到他办公室。

库淑兰是你什么人？

不是我什么人。

不是你什么人，怎么一口一个"一窝窝人"？

不是你什么人，怎么让她用馆里的蜡光纸糊她家的窑洞？

《不吃搅团再吃啥》好，好在哪儿？咱旬邑是苦焦，但也不至于顿顿吃搅团呀。让上头领导、让外头人怎么看旬邑？就算是艺术，马不像马，驴不像驴，人不像好人，正中间吊个旱烟锅子，是哪门子艺术？没有一星星子艺术的美感！群众的眼睛是雪亮的，要相信群众的艺术眼光。跟十二生肖贺囍比，连脚后跟都赶不上；跟何爱叶《改革开放新旬邑》比，连小拇指都比不上。凭啥给她单吃另喝？十二生肖贺囍咱给钱了？何爱叶剪了那么多，地区领导都表扬了，咱给钱了？如果靠钱推动群众文化工作，咱跟个体户讨价还价做买卖有什么区别？对，生活困难，补贴一点，未尝不可，但也不能狮子大张口，一下子就给五百元啊！如果都讲生活困难，人人开口要五百元，我不说，你说，馆里怎么办？只剩下关门了。小文，记住，做群众艺术工作，对群众艺术家不能区别对待，不能厚此薄彼，要一视同仁，一碗水端平！

我错了？我相信自己没有错。

领导错了？现在想通了，坐在领导的板凳上，领导也没有错。

谁错了？谁都没错。问题在于想法不在一条轨道上啊！我想把领导的"没有错"跟我的"没有错"搬到一条轨道上，费了好一程唾沫。领导叹一口气，小文，就算你说得对，库淑兰是了不起的天才。那么我问你，库淑兰是旬邑人，活到六十岁了，我也五十多岁了，在旬邑活了大半辈子，半辈子搞文化工作，怎么从来没听说过这个人？更别说人家说她是天才这个话了。你是画画的，有艺术鉴赏力，我信；不瞒你，我这几天也没闲着，找来县上几个画画有名堂的，看了库淑兰的剪纸，说了你别难过，没有一个人说好，不客气地说，都认为连辙都没入，乡下妇女，没个章法，由着性子胡闹！创新如果那么容易，何爱叶早到北京去了。程征说好，李白颖说好，怎么没说给我？小文，官面上的话，就那么一说，你小伙儿年轻啊，当真了……

你两个别胡理解，领导跟我好着呢。平时领导待我不错，不至于因为库淑兰这样砸挂我呀。话说到这儿，想一想，库淑兰唱得对啊。

　　崖背上跳出一棵苗，

　　老婆爱，老汉踹，

　　一把揪起撇天外；

　　天上飞来一坨云，

　　太阳爱，月不爱，

　　雨点唰唰啦啦落得快。

对，金平，就像跑到一件貌不惊人的稀罕古董，懂得的自然懂，宝贝到手了；不懂的，视而不见，即使别人塞到手上，还嫌又老又旧，不要呢。跟投资股票一样，原始股？股票我不懂哟。你两个别想歪了，这个事跟钱没有关系。

小小的旬邑县城，那时候只几千人，学习班学员不知道谁跟哪家是亲戚。好事不出门，怪事传千里。我待库淑兰那点事成了笑话，一顿饭的工夫，就传遍了。人在事中迷。过了几天，笑话传到我耳朵，文化馆有个画画的干部，脑子进水了，把富村一个脏兮兮的老婆子当天才……

我不在乎笑话，也不在乎领导的砸挂。不可能因为领导的几句砸挂，就自乱阵脚。我理解领导的难处，手上没钱啊。给不了钱，只有硬压，连唬带吓。七百元，近我两年的工资哩，不是小数目。如果每个艺术干部都这样开口，领导招架不住啊！我心切，开口大了。大不成，那就变小。说库淑兰生活多么多么可怜，艺术表现力如何如何有潜力，缠磨了半天，领导思量再思量，给了话，一年给库淑兰三十元的彩色蜡光纸，不准浪费，不准私用，剪下的作品归文化馆，再给三十元手工钱。绝密，绝密，千万不能让外人知道。还答应给我一次进京的机会。如果我北京的那些老师说库淑兰剪得好，再说下一步怎么办。北京老师说好，没钱，不怕，向财政硬要。如果北京这一关没戏，库淑兰的事就此打住，今后一句别再提，当然了，一分钱不再给。进京什么时间，根据机会定，一两年内。一两年内？是的，一两年内。领导批评我心太急，库淑兰刚开始剪，作品远远不成熟，如果都是《不吃搅团再吃啥》这些，跑北京做啥？丢人呀！

不要急，在你的辅导下，等老婆子有成熟的作品出来。领导最后说。

领导答应我这些，是有条件的。那时候，农村家庭联产承包责任制开始实行，县上成立工作队，下各乡抓落实，为期一年。条件是我同意被抽调为队员。这是个苦差事，分田分地；难差事，水地旱地，容易起矛盾。我同意了。领导拍我肩膀，就当下乡采风，把画板带上，闲了画一画，一天还有三毛钱补助呢。

学习班怎么八毛？两个原因。一个呢，学员都是农村妇女，没有经济收入。二个呢，学习班学员剪下的作品，全部归文化馆所有，不再付给作者报酬。

工作队派我去原底乡，路过富村，我带了个硬撑结实的纸箱，送给库淑兰，让她装剪贴好的作品。她没在家。我妹子说挖药去了。等了好一会儿，不见回来，我急着去报到，只好让我妹子转交了。

我让我妹子传话给淑兰姨，不要受学习班的影响，想怎么剪就怎么剪，爱怎么剪就怎么剪。还有一句话，我妹子不愿传，笑话我，说太磕口。什么话？

不论你怎么剪，剪什么，淑兰姨，我都爱。

旬邑地方闭塞，人内向，"爱"这些感情重的话难说出口。

到了原底乡，我的心还在富村。库淑兰会剪出成熟的作品吗？还有什么路子可以解决经费问题？我提笔给程征写了一封信。

第 七 章

记得清清的，第二天，库淑兰给我、给领导争脸了，给了四位客人个大大的惊喜。什么惊喜？

看到《江娃拉马梅香骑》了啊。

我正在百子村查看分田到户台账，乡政府通讯员跑了来，气喘吁吁，文队长，快回县上，省上来人了，寻你呢，快！

　　这时候，人民公社已经改成了乡政府。

　　省上人，寻我？不得了的事啊！对，小时候，谁家来了县上人，轰闹一村。娃娃们拥挤在人家门口，伸长脖子，跟看天上人一样。在县上工作，见地区干部不难，见省上干部还是稀欠的。省上干部莅临县上，不敢说轰动，说引人注目一点都不为过。省上干部干大事，寻的一定是县领导，怎么寻我这个小小的美术辅导干部？

　　文队长？是这样，原底乡工作分队原先的队长病倒了，干了不到一个月，急性阑尾炎，上头看我年轻，能写能算，又把事当事，就让我顶上了。

　　接通知时候是半后晌，安顿了工作，我骑自行车赶到文化馆，天黑定了。领导房子灯亮着，我推门进去，噢，一房子烟！烟雾缭绕中，坐中间的，竟然是程征！

通知说省上来人，怎么是市上人？

领导站起来，怎么不是省上人？程征同志高调到省国画院工作了；这一位是省群艺馆的王宁宇同志，从省工艺美术公司才上调的，管美术辅导工作，你的顶头领导，认准了；这一位是省群艺馆的曹海水同志，摄影组组长；这一位是王炬同志，画家。

领导介绍一位，我伸手握，心里头跟敲旬邑老鼓一样，怦怦地。我心里清白，这四个人，不是寻我，是寻库淑兰来了。四个人手上都冒纸烟，都给我发。我都挡回去了，我不抽烟啊。

我问，吃饭了么？

程征答，没吃呀！

天都黑了，怎么还没吃饭？

等你请客呢！

我请，我请，旬邑最好的饭 —— 辣汤饸饹。

别急吃饭，先看锁在你办公室的库淑兰剪纸。

因为办学习班，《不吃搅团再吃啥》给到了馆里，其余十四幅，《梅花》《凤凰戏牡丹》《鸟望月》《三果花》《青叶落黄叶掉》《杀牛》《我瓜老碗大》《逗逗鸽》那些，都锁在我房子。半年多没回来，桌子上的尘土半指头厚。幸亏放在了纸箱里。打开，没沾一丝灰。取出第一幅，四个人围着看，都眼睛瞪大，倒吸气。我递给王宁宇。他皱紧眉，看了又看，摸了又摸，点一点头，递给程征。程征看了，抿嘴点头，递给王炬。王炬看了，摸了，说，洋芋蛋蛋儿，才刨出来的，又土又鲜；说着，递给曹海水。曹海水看了，说，别看土，拍彩色片子一定洋气，效果肯定嫽咋咧。

取出第二幅，第三幅，第四幅……一幅一幅传看。我最在意王宁宇。他从不同角度看，不同远近看，眉头一直锁得紧紧的，看到《凤凰戏牡丹》，看到《杀牛》，看到《逗逗鸽》，眉头展开了，点给程征和王炬，说有意思，有意思。传看完，程征说，比上一次的造型丰满了，颜色丰富了，题材宽广了，还有潜力，还不小，不小得很。

王宁宇说，在延安见了熏画、毛麻绣、布堆花，在合阳见了纸塑窗花，都有些意思，都在创新。

王宁宇一边说，一边瞅我，今天见到的这个很有些意思，也是走创新的路子，老文，我看这个不仅仅是剪纸了，叫什么名字？

我慌忙答，叫我小文，这个还没有名字呢。

王宁宇看着跟程征年龄不相上下。虽然跟我算同龄人，但人家是省上的干部，叫我老文，叫得我浑身不自在。

该有个名字啊，不然怎么往外唱？王宁宇盯着我。

我回答，暂时叫先剪后贴多颜色新花样，有些长，算不得正式名字。

王炬说，这是一幅幅画啊，名字得往画上靠。

程征说，是画，但还是属于民间剪纸艺术范畴，剪纸特征不能丢，叫彩贴剪纸怎么样？

都叫好。

我领导拍手叫，加上旬邑啊。

王宁宇说，不错，加上发源地，叫旬邑彩贴剪纸，如何？

都叫好，鼓起掌来。

那时候没觉着什么，现在想，是不是叫库淑兰彩贴剪纸更准确一些。小麻这话好，把我心里这个疙瘩解开了。是啊，时代变呢。那时候崇尚集体主义，自然叫旬邑彩贴剪纸了。现在崇尚艺术个性，当然叫库淑兰彩贴剪纸好一些。是的，后头再加上"画"字就更妙了——库淑兰彩贴剪纸画。

你两个觉得旬邑饸饹怎么样？美，那时候更美，唉，老味道再也回不来了！辣子变了？油变了？汤变了？饸饹变了？人的舌头变了？不知道什么变了，反正再也吃不出那样的老味道了。

那时候碗大，四个人一人咥了两大碗，吃得松裤带、抹肚子。四十年前了，都还年轻啊。我请客？有领导呢，哪轮得上我。领导早早儿安排好了，辣汤饸饹之外，还有四盘子菜，两荤两素，两瓶白酒。那一晚，佐酒的，除了这四个菜，就是库淑兰和她的彩贴剪纸了，四个人兴趣浓得跟辣子汤一样，谝个不停。

天晚了，他们坐长途班车来的，摇晃了一天，乏到骨头里了，安顿歇下；约好第二天一早起来，光线好，曹海水给那十四幅作品照过相，就去富村见库淑兰。

临从县委招待所分手，我才问程征，怎么突然袭击，不给我回信？

没收到你的信啊！噢，怕是调动工作，转来转去丢了。

那怎么来了？

惦记你，惦记库淑兰啊。王宁宇跟我美院同学，铁关系，听我说起你和库淑兰的彩贴剪纸，恰好曹海水和王炬在场，就喊一声"走"，搭车来了。想着你在馆里，没想到抽调下乡了。

是的，那时候没手机，但不担心找不着人。人都在自己的圈圈里，不乱跑。是的，圈圈不大，也没有乱跑的地方。是的，没汽车，没摩托，没微信，没抖音，跑不出自己的圈圈。

出了招待所大门，领导猛拍我肩膀，拍得我生疼。小文，你像摸着炸弹牌了！

炸弹牌不假，炸得响不响不知道。

为什么？

你不给炸弹里头装弹药，空炸弹啊。

领导擂我一拳，明儿我跟省上人一搭去，见见这个老婆子，看到底值估不值估装弹药。

记得清清的，第二天，库淑兰给我、给领导争脸了，给了四位客人个大大的惊喜。什么惊喜？

看到《江娃拉马梅香骑》了啊。

对，小麻，县中心广场立的那个。金平，你明天在纪念馆看了原作，再去广场看一看做成的雕塑。是雕塑，材料是方钢和铁皮，喷彩漆。广场这个是最精彩的一稿。那天看到的是第一稿。《江娃拉马梅香骑》库淑兰剪过不下十稿。不，不是我让她修改，是她自己要再剪，一再地剪。隔几个月、几年，我都忘了，她又剪出一稿来。对自己中意的题材，库淑兰不是剪一次就撂过手，而是反复地剪。反复，不是重复哟，每次都不一样。反复，不是在几天、几个月内，而是在三五年，甚至十几年内。剪花娘子这个题材反复剪了多少年？反复个不停点儿，直到她殁了啊！剪花娘子这个题材反复剪了多少幅？数不清啊！对自己中意的题材，库淑兰一直搁在脑子里，炼！炼新点子，炼新图样，不停点儿；炼出来了，赶紧剪。剪好了，还觉得欠，再炼。对，跟那个广告词一样，没有最好，只有更好。

《江娃拉马梅香骑》第一稿分为上、中、下三部分。上和下都是花鸟装饰。上，左右对称的喜鹊闹梅；下，左手团花蝴蝶，右手富贵树，树左右，相向的两只蝙蝠。中是主题。一匹肥壮的大马，端坐凤冠霞帔的少妇，头顶是撑开的花伞，罗盖一样。马头前，正面端立个青年，一手牵缰绳，一手提马鞭。青年脚下，靠马这边，蹲一只可爱的小狗。马身红色，间以一道一道黄圈；马鞍绿色，前后陪衬黄花；马尾黑色，丝丝鬃毛细密，间以黄圈；马蹄蓝色，间以黄圈；黄圈像金链子，披挂在马身上；马头、马耳也都有花样，缰绳像彩练……复杂吧！复杂中，一匹富贵、安泰、吉祥的鞍马跃然而出。少妇、青年、小狗、喜鹊闹梅、团花蝴蝶、富贵树也都复杂繁密，却不显乱，还活泛得很。更妙的是装饰了边框，是一幅正式的画作了。边框，顶和底都是双道，上道繁密的花草，下道梳齿纹，绿色，刘海儿一样。左右是单道，赭红色，点缀一朵一朵的小花。

库淑兰永远动不了剪子以后，我统计过，她常用的边框十八种，花边十三种，角花六种，团花二十一种，蝙蝠、蝴蝶、蜘蛛、蝎子、蛇、太阳、星星、月亮、桥、花灯、花盆、花瓶、烛台、电灯、香炉、狗、猪、狮子、牛、老鼠、猴子、马、鸡、猫、鸟、树、瓜、桃子等等，等等，每一样，都有好些种剪法。而且，不同剪法又不同组合，不同搭配，从而产生出千变万化的造型和花样。

你两个都是搞艺术的，该知道的，看起来美，做起来难啊！数不清的圈圈，数不清的点点，数不清的线条，颜色搭配巧妙，造型奇特奇异，受看，耐看，费心思、费眼睛得很！没有缜密的心思，没有强大的定力和耐烦的巧手，出不来库淑兰彩贴剪纸画。

记得清清的，库淑兰从纸箱里的棉絮中取出《江娃拉马梅香骑》，唱了起来：

鸹鸹鸹，鸹树皮，

江娃拉马梅香骑。

江娃拿哩花鞭子，

打了梅香脚尖子，

梅香"嗯呀，嗯呀，我疼哩！"

"看把我梅香能成哩！"

揭地照逼土，

照下我倩倩好走手。

我特意观察了，五个人，包括我领导，看着剪纸，听着歌谣，一个个都大张开口，模样痴痴的，出神了。

库淑兰唱完，寂静了两分钟，一个个都才拍开了手。

王宁宇盯我。我说，词曲都是库老师自己编的。

领导跟着说，鸹鸹是旬邑土话，就是啄木鸟；揭地就是犁地，走手就是姿势……

程征说，除了鸹鸹听不懂，其余都听得懂。

曹海水说，这一曲歌谣跟这一幅彩贴剪纸应是一个整体，声和画完美结合，不能分开。

王宁宇点头，两种民间艺术交相辉映，相得益彰，要记录，原汁原味记录。

我说，是的，昨晚看的那些都有唱词呢，我都记录下来了。

王炬笑说，小两口回娘家，打情骂俏，好一幅渭北高原乡土爱情画。

又看了一幅《脚大面丑是真妻》，画面三个人，中间是妻子，红衣裳，戴红、黄头花；右边是丈夫，黑黄相间的衣裳，也戴红、黄头花；左边是公公，黑胡须，蓝袍子，戴黑帽。库淑兰唱道：

> 脚大面丑是真妻，
>
> 脚碎面白惹是非。
>
> 只要面头长得皙，
>
> 裙子要穿下，

脚大踏哩稳，

手大抓哩美。

满窑大笑。

库淑兰瞅我，歉意地说，这下戏唱完了，没得了，没得了。一窝窝人，分田到户，地里活儿抓掇不清白，没工夫坐炕，别怪姨，叨空就铰成了这两个。

我说，这两个嫽咋咧，你看，把省上人美的。

在原底乡工作队这一段时间，我去过库淑兰家两次，她忙，没动剪子。见到我，以为我催她呢。

看五个人指点画面笑谈，库淑兰问我，省上人也爱这？

我答，省上人也是人，凡是人，都爱哟！

库淑兰仰面大笑起来，笑住，瞅我，一窝窝人，姨想剪哩，做梦都想剪哩，就是腾不下工夫，冬日闲下了，我给咱摊整晌剪。

笑够了，五个人都面对库淑兰。程征问，老人家，请问，女人头上戴花，男人头上为什么也戴花？

库淑兰脱口答道，那还用问，好看么。妻子好看，丈夫也得好看。

王炬问，脚大面丑是真妻，妻子为什么剪得这样好看，不丑？

库淑兰伸指头戳王炬，你还是省上人呢，脑瓜怎么长在瓜地里？说丑就真丑了，要话都听不清白！

哎呀呀，要话！又是满窑大笑。

是的，库淑兰不怯生，不怯场，平常怎么说话到正式场子就怎么说话，冷不丁冒出一句玩笑话，惹得满堂彩。

程征笑罢，掏出十元钱放在炕桌上，王宁宇跟着掏钱放在炕桌上，曹海水、王炬也掏了。库淑兰抓起钱，跪在炕上伸长胳膊张嘴喊，胡闹哩，胡闹哩，装回去，装回去……

我拦挡住，姨，省上人给，你就拿上，在咱窑里呢，别让远路客脸上不好看。

库淑兰不再喊叫，皱了皱眉，听进去了，盯我，一窝窝人，客的心这么长，姨得给客管饭。

曹海水让库淑兰等一会儿，坐在炕上，像平时那样剪纸，照了相。

早上出发晚，将近十点了。领导打电话费了些时间，照相费了些时间，借齐四辆自行车费了些时间。是的，骑自行车。都是搞艺术的，一路看风景，一路说笑，曹海水拍一拍照片，到库淑兰家已经过十二点了。看完画，将近两点了。听了吃饭这话，我望领导。

进了库淑兰窑洞，我才明白领导打的什么电话。窑洞里收拾得干干净净。炕上铺新单子。炕桌上放一个热水瓶，四个白搪瓷缸子，都是新的。不见宝印叔的影儿。就说么，水井边儿站了几个乡村干部模样的人。领导就是领导啊。

领导说，就不麻烦库老师了，乡政府安排……

程征说，就在这儿吃，看库老师吃什么饭剪出来这么好看的花。

记得清清的，辣子一道菜——巴掌大的浅碟子，盛一点点干辣子面，放了点盐，倒了点土醋，搅拌了。两道主食，麸子面馍和稀玉米糁子。六个碗，个个不一样，没有一个浑全的。麸子面馍放得时间长，发霉了，掰开拉丝呢。

领导那个脸色啊！四位客倒坦然，蘸着辣子，一人吃了一个馍，喝完能照见模样的稀玉米糁子，站了起来。

库淑兰埋怨，哎哟，省上人饭量怎么这么轻，一人只吃一个馍？

都说吃好了，吃好了，谢谢，谢谢。

出了窑洞，走过水井，站在崖畔畔儿，是的，金平，就是你今天站的地方，一群人眺望。那是十月间，秋天的景正浓，山峦起伏，薄薄的烟雾笼着，粉红一坨，蓝紫一坨，大红一坨，近一坨，远一坨，密密的一坨，淡淡的一坨，好看得很。俯瞰，崖壁的干土上，斜长出一枝野花来，不知道名字，酱红酱红的，繁密得很，伸得老长老长。

王宁宇说，怪不怪，干透的崖上，水分和养分不知道在哪里，花却开得这么艳。

都明白是什么意思，回身看窑洞。库淑兰站在窑门口，朝这边望呢。

出了村，王宁宇下了车子，叫住我，叫住我领导，站在路边。我领导神色紧张，说，对不住，原本在乡政府安排了饭的，没想到……

我说，库老师不知道外面的世事，以为她能吃什么别人也能吃什么……

王宁宇挥手，你两个想到哪里去了，跟吃饭有什么关系？这顿饭吃得好啊！难道你两个不觉得？真想不到，这么受看的剪纸作品是吃这样的饭剪出来的。真想不到，老太太的心思那么纯，运动来运动去，没受一点点杂念侵染。崖畔畔的野花，多艰难，多艳丽，这就是民间艺术啊！不发这些空感慨了，我要给你俩说的话是，多给一些颜色的纸，叫她随自己的心意剪，按自己的想法贴；再试着放大背板，增大尺幅，看她把握得住不，要是能行，再放大一些；千万记住，不要催，不要给她压力，不要搅乱她独特的艺术思维。过一段时间，积攒些作品，有了量，给我摇个电话，我再来。

我领导问，库老师真是一张炸弹牌？

王宁宇一愣，随即笑了，难道你不觉得吗？

去乡政府吃饭，四个人都不愿意，便骑回了县上，又咥了辣汤饸饹。

吃完饭，程征跟我单独谝了一阵子。

他问我，知道荷兰人提奥不？

我答，不知道。

知道凡·高不？

知道，向日葵，大画家。

知道提奥与凡·高的关系不？

不知道。

你找找写凡·高的书看一看，就知道他俩的关系了。

这两个外国人的关系跟我没关系呀，我没心思看。我的心思在库淑兰身上。

是没有关系，但你知道了他俩的关系，或许就有关系了。

我还是想，外国人的事情怎么会跟我有关系？便转了话题，说开了增大尺幅的事情。这时候，库淑兰剪纸的尺幅，还是我第一次送的册页那么大小。增大尺幅是一种挑战。你两个都知道，剪纸作品的尺幅一般都小，很难大起来。

第二天一早，四个人搭长途班车回西安了。我呢，回原底乡，买了些彩纸，二十个花子馍，顺便给库淑兰送了去。

唉，新单子不见了，新热水瓶、新搪瓷缸子也不见了……宝印叔的眼光跟刀子一样，在我身上剜。

库淑兰问我，一窝窝人，村上人都说那几个省上人是大官，你给姨说，人家当官为宦呢，跑到姨这寒窑里做什么？

姨，那几个人不是大官，都是咱一窝窝人，爱剪纸，跟你学来了。

库淑兰摇头，快别哄姨了，人家跟我学？

真的，跟你学来了！他们四个都是画家，说要是剪贴得再大一些，跟中堂一样，挂在正房，能当中堂画哩。

库淑兰锁了眉，歪头，胳膊肘撑在炕桌上，手顶下巴，出神想了好一阵子，开口说，跟庙院大殿里一样，跟唐家厅堂里一样，大，墙上挂得到处都是。

我拍手说，就是，就是。

人家省上人就是省上人，心比身子大。

我还想说话，宝印叔突然吼起来，没瞅啥时候了，地里的洋芋还挖不挖？

眼光跟刀子一样，又剜我。我坐不住了，站起身。

库淑兰瞪宝印叔，喊叫，把我不拽上，你做不了活呀！

喊叫归喊叫，还是下了炕。

送我出窑，她贴紧我耳朵，二尿病又犯了！一窝窝人，别往心上去；你不操心，姨冬闲了就剪，往大里剪。

小麻，对，唐家就是唐家大院。

库淑兰怎么会去过？走路是不近，但库淑兰肯定去过。唐家早先是县阶级教育展览馆，塑了好一些阶级斗争的泥塑；再早是地主庄园博物馆；叫唐家民俗博物馆是一九八八年的事情了。阶级斗争教育，村村少不了，人人少不了，库淑兰肯定去过。金平，唐家民俗博物馆在县城东北的唐家村，原先是大财东唐家的宅院，又叫唐家大院。唐家发迹在清朝初年，道光年间最为鼎盛，土地近两万亩，佃农近五百户；唐记商号号称"汇兑中国十三省，包捐知府道台衔，马走天下不吃人家草，人行四方不歇别家店"；到同治七年，耗时四十三年，修建成宫殿式庭院八十七院，两千七百多间，极尽奢华。唉，一场空，只剩下五院。不，我文家不跟唐家比。我文家世代做学问，只跟帝王家做买卖。就是，学得文武艺，货与帝王家。噢，金平，唐家院子的木雕、石雕、砖雕是"三绝"，跟你的行当近。

哎哟，说到这儿，我猛然想，库淑兰好些花样子莫不是从唐家学来的？刚说库淑兰学铰《迎亲图》，老婆子记性好，特别对花样子。那么多花样子，库淑兰没跟人学过，没出过门，不知道怎样来的，我一直想不通。对着唐家大院的精美雕刻，看有没有库淑兰铰的花样子，倒是一条研究的路子。

第八章

听了李白颖的话，第一时间想到库淑兰，说明我发自内心对库淑兰彩贴剪纸多么地爱，潜意识里对库淑兰彩贴剪纸多么地不舍，多么想把库淑兰彩贴剪纸推出旬邑，不愿意因为工作的变动半途而废。还可以这样说，那时候，我自己不觉得，其实，库淑兰彩贴剪纸已经把我的心勾住了，勾得紧紧的，再也想不得其他。

原底乡分田到户结束，回到文化馆后，我遇着了两次工作转折，但，都没有转。

有天一大早，领导喊我到办公室，地区馆，噢，市馆来电话了，李组长让你汇报手上的工作，人去，带上材料，明天就去，他急呢。

对，就是李白颖。这时候，咸阳地区撤销，刚刚设立了咸阳市，都还没叫顺口呢。是啊，眼看着到年底，该总结汇报一年的工作了。虽然近一年在原底乡，但民间艺术不像别的工作那样变化快。回馆以后，我到各乡跑了跑，看了看，剪纸艺人手上剪的还是老花样，基本没有变化。依县妇联的意思，何爱叶剪了一幅《婚姻自由家庭幸福》，单色的，还不错，但仍然是刻意的宣教模式，艺术性欠一些。

旬邑偏远，往年都是邮寄总结材料，人不用去。今年让我亲自去，莫不是王宁宇给市馆强调了库淑兰，市馆让我重点汇报？我连夜写了材料，第二天天没亮，搭头一班长途班车就赶去了。推开李白颖办公室的门，已经即将上午下班。李白颖拉我坐下，一边倒水，一边问我路上顺当不。我一边掏材料，一边说，顺当，我抓紧时间汇报吧。李白颖放下水杯，抬手下按，止住我，汇报不急。今天让你来，其实有更重要的事情。

更重要的事情？

我盯着李白颖，想不来什么事情更重要。

李白颖说，文为群同志，咱们认识也不是一天两天了，我开门见山问你，想不想到市上来工作？

到市上来工作？

程征上调到省国画院了，我想来想去，你正在年龄上，熟悉民间美术，又能画，想推荐你接替他那一摊子。

人往高处走，水往低处流。你两个可能不信，怪了，听了李白颖的话，我心里咯噔一下，如果到了市上工作，库淑兰怎么办？第一时间没想父母亲，没想妻子儿女，没想个人发展，想的是库淑兰。现在可以说，离了我，库淑兰还是库淑兰，她是艺术天才啊，谁也挡不住，出头是早晚的事情。可是，当时在黑处啊。我想，库淑兰彩贴剪纸正在交紧处，尺幅增大以后会是怎样的效果？王宁宇、程征他们等着呢。我撒手，库淑兰会不会跟着撒手？别的不说，就说彩色蜡光纸，谁给她买，谁给她送？到市上工作，保证不了啊！更保证不了跟她拉话，听她随口唱，顺手记录唱词。你两个别摇头，那时候的人普遍这样，单纯，欲望不多，安于在老家工作生活。不像现在的人，明明一家子都在旬邑工作，却在咸阳、西安买房子，不知道图的啥。我女子上初中，儿子上小学，老人年纪也大了，如果我到市上工作，一家子都不方便。

见我发愣，李白颖说，调动工作不是小事情，不要急着给我话，回去跟家里商量商量。不要担心生活上的暂时困难，县上调来的同志都是这么过来的，总得一个人过渡两三年，然后才能把家搬来。不用口头汇报了，你把材料交给我就行。叫你跑一趟，不为汇报，就是为方便说这个话。小文，机会来了，要顾眼前，更要看长远。

你两个别笑话，我这个人一辈子干不了什么大事，就是只顾看眼前，不懂得看长远。我跟谁也没商量，回来第二天，就给李白颖寄了信。信上，表达了对他的感谢，委婉谢绝了他的好意，理由是"一头沉"——妻子不愿去。

信虽然寄出了，但不知道为什么，心里怅怅的。是的，前头的路是黑的，虽然程征、王宁宇他们看好库淑兰，但仅仅是看好，库淑兰的彩贴剪纸能走到哪一步，说实在的，我心里没底，只觉得好，好到哪个层次，不知道啊。如果库淑兰彩贴剪纸打响了，那么，我的选择就是对的了？

如果库淑兰像野草一样枯萎了，那么，我的选择就是错的了？

听了李白颖的话，第一时间想到库淑兰，说明我发自内心对库淑兰彩贴剪纸多么地爱，潜意识里对库淑兰彩贴剪纸多么地不舍，多么想把库淑兰彩贴剪纸推出旬邑，不愿意因为工作的变动半途而废。还可以这样说，那时候，我自己不觉得，其实，库淑兰彩贴剪纸已经把我的心勾住了，勾得紧紧的，再也想不得其他。

你两个不信？真是这样，有事实呢。

信寄出没几天，后晌快下班了，领导喊我到办公室，掩上门，夸张地按我坐下，双手扶在我双肩上，弯腰对我不停地眨巴眼睛。我莫名其妙，吃惊地盯着他。

小伙子，不言不传，好事掖得严啊。

什么好事？

还装，还装，组织部电话都打来了，问你的情况哩。

我想到了李白颖，已经回话不愿意去了，怎么动用起组织手段？

我生气地问，组织部想干什么？

想让你当副乡长啊！小伙子，工作队没白去。

噢，我心里一松，不是一茬子事情，随即说，领导，你给组织部回话，我哪儿都不愿意去，就在文化馆。

领导的双手从我双肩上挪开，后退一步，像看怪物一样看着我。

我说，领导，真的，不开玩笑。

组织部说，县长亲自提名的你呀，你怎么？

不论谁提名，得我愿意啊。

是这样，县长到原底乡检查过几回包产到户工作，每回都是我汇报，事实清，数据准，县长很满意。事情过去，我早就忘了，没想到县长记住了我。你两个别不相信，起码在我的眼里，干部提拔凭本事。再一个，我不想当副乡长是真的。我个人的心性，喜静不喜闹，不喜欢当领导，也不适合当领导；我喜欢沉浸在艺术的氛围里，纯纯净净的，不牵扯管人管事的是是非非。

领导摸一摸我的额颅，好着么？

好着呢，说的不是胡话。

领导倒吸一口凉气，小文，咱农村娃出来为公家干事，谁不想谋个一官半职？你给我说老实话，眼看着官帽子就戴到头上了，为什么不愿意戴？

因为库淑兰和她的彩贴剪纸。

库淑兰和她的彩贴剪纸？

是的，没错。

就像春天的节气，立春开迎春花，雨水开油菜花，惊蛰开桃花，春分开梨花，眼看着就要万紫千红了，却扑来一场倒春寒。

倒春寒之先，库淑兰的彩贴剪纸作品，我至今还记得清清楚楚、每每想起还激动不已的作品有这么几件。

正月里，二月中，

我到菜园去壅葱。

菜园有个空空树，

空空树，树空空，

空空树里一窝蜂。

蜂蜇我，我遮蜂，

蜂把我颡蜇哩虚腾腾。

空空树，树空空，空空树里一窝蜂。这幅作品当然就叫《空空树》了。粗壮的树干是黑色，树干左右伸展的枝权也是黑色。黑色的树干枝权内，一朵朵金黄的小蜜蜂像一朵朵小黄花，向上、向左、向右争相飞，要飞出树干枝权呢。翩翩的小蜜蜂有横的，有斜的，有三五个自然而然形成"编队"的，活泼，调皮，美！黑色的树干枝权外，上、中上、中三个部位，三对"鹆鹆鹆"，红喙，蓝翅，黄眼，红爪，正在树皮上"鹆"呢；不是绝对的对称，上一对，错开一点，一高一低；中上一对，离得远些，背对背；中一对，面对面鹆树皮，像在对话，美！树根，用三片绿叶包裹了；树根之下，对称斜立一对带绿叶的红萝卜；树根左右，立一对绿白菜，又倒立一对红萝卜，根朝上，绽开两片绿叶，灵动，自然，美！黑色树干枝权外的空隙间，点缀四朵红花；黑色树干枝权内，小蜜蜂飞翔的空隙间，点缀红圈、蓝圈，艳而不俗，繁而不乱，美！

库淑兰唱完，我问，姨，真有这事？

怎么没有，颡上肿了三个疙瘩，半月才消了。

蜜蜂蜇你，你怎么还把蜜蜂铰得这么美？

看你这娃说的，我把它不铰美，它再蜇我怎么办，哈哈哈……

你两个想不来吧，老婆子的思维就是这样神奇特异，却自有她的道理。一九九二年，库淑兰又剪了一幅《空空树》，树干枝权变成了深蓝色，蜜蜂变成了白色，啄木鸟变成了小燕子，镶了淡蓝色的边框，尺寸没有变，高七十八厘米，宽五十四厘米。我感觉没有第一回的好，但没敢言传。库淑兰倒自己说了，蜂不蜇倒铰不好，要铰好，还得叫蜂蜇一回。还剪过两回，我感觉还是没第一回好。她自己也摇头，不好，不好，好了伤疤忘了疼，还是怪蜂没蜇。之后，再不剪《空空树》了。

是的，尺幅变大了，比之前大了一倍。是的，我做的背板。

开窗窗，闭窗窗，

里面坐着个绣姑娘。

格子里，格子外，

格子外面种红菜。

又想吃来又想卖，

又想送人又想带。

这幅《绣姑娘》尺幅不大，高五十四厘米，宽三十九厘米，却分为三部分，一是房中的绣姑娘——房像花轿，一人坐得满满的。三角形的房顶，左右对称一双彩鸟——端坐花团上，头戴繁密的花冠，身穿花袄。奇怪的是，绣姑娘的头顶，蹲了一只花猫。猫左右，各垂一枚花球。房右，与房中的绣姑娘并列，尺幅大小相同，是梅兰竹菊四条屏。四条屏上是一个大花篮，与房顶并齐。四条屏下，像是一只锦鸡，或是凤鸟，刚刚飞起来的姿态，身旁，点缀两只小鸟。房中的绣姑娘与四条屏之下，是放大了的锦鸡，或是凤鸟，更好看的是，锦鸡或是凤鸟用牡丹花衬托了一圈，蝴蝶、彩鸟飞翔其间。

姨，房里坐绣姑娘，为什么不坐剪姑娘？

先有绣姑娘，后有剪姑娘。

为什么？

绣姑娘是剪姑娘的妈呀。

你妈？

不是我妈，还能是谁的妈？

四条屏是你妈绣下的？

不是我妈绣下的，还能是谁绣下的？

锦鸡，噢，凤鸟……

别瞎说，那是凤凰，碎凤凰，碎娃时候的我。

噢，对，对，凤凰，碎凤凰，是你，你妈绣碎娃时候的你。姨，你妈家是哪个村？

不知道哪个村。我妈不是咱旬邑人。我妈说，我外婆屋远很远很，在南山里头呢。

你去过没？

没去过。

你爸是咱旬邑人？

看你这话问的哟，我爸不是咱旬邑人，我怎么能是咱旬邑人？

你爸家在北山，你妈家在南山，中间隔了四百里，怎么结成了夫妻？

看你这话问的哟，结得成结不成夫妻由不得人，跟路远路近有什么勾连？男娃女娃两隔壁，没路，你见几个结成了夫妻？

真是的。姨，结夫妻由不得人，由什么？

老天爷！

噢！姨，开窗窗、闭窗窗是什么意思？

天亮了，开窗窗透气；天黑了，闭窗窗点灯。

你铰的意思是，你妈从开窗窗绣到闭窗窗，又从闭窗窗绣到开窗窗？

这下子算你说对了。

姨，你会绣不？

会，我妈给我教下的。

铰花也是你妈给你教下的？

不是。我没见过我妈铰花。

那你跟谁学？

没跟谁学。

那怎么会铰了？

看你这话问的哟，会了就会了，怎么还问个怎么会？你会吃饭是谁给你教下的？

铰花跟吃饭不一样。姨，你看我，成天跟你学，还是铰不了啊。

那是你心里没有花，心里有了花就会铰了。

我这么爱，心里怎么会没有花。姨，心里有了花怎么就会铰了？

把多余的纸铰掉，花不是就出来了？

好我的姨啊！姨，格子里，格子外，格子是什么？

门。

格子怎么是门？

门上有格子呢。

噢，老式样的格子门啊，财东家里才有。你小时候家里是格子门？

家在路上。我爸拉长工，一路乱跑，给人打胡基。我跟我爸我妈住庙院。庙院的门有格子。

噢，住庙院。姨，红菜是什么菜？

红萝卜，红辣子，红茄子……

姨，房顶为什么铰成三角形？

什么叫三角形？

你两个注意了，库淑兰不知道什么是三角形。说明在她的头脑里，完全没有书本上几何造型的概念。

她反问我，屋顶上头是尖的，屋椽下头是平的，不这样铰，你说，怎么铰才合适？

我张口结舌，不知道怎样回答。

直到现在，常常有人，其中不乏专家学者，问我库淑兰令人难以想象的符号、几何造型和复杂构图是怎么想出来的？好像我知道答案一样。我不知道啊！我要是知道，自己也抢开剪子剪了。

你妈头顶上边怎么悬空了一只猫？

我妈绣花时候，猫蹲在房梁上啊。

为什么悬在半空呢？

我小时候看，猫就悬在半空里，看不着房梁。那就加一道房梁吧。

说完，拿起剪子，剪了小拇指宽一道黄线，再剪两条火柴粗细的红线，点上糨糊，横贴在猫下，黄线在中，红线镶在上下。又剪了两条红线、四条淡蓝线，竖贴了，上顶三角形底边，下接刚刚贴好的黄线。看了看，又从笸篮找出小拇指指甲盖大小的两个深蓝"圆圈"，贴在黄横梁与红立柱相交处。没有戳达尺寸，抬手就剪，一剪到位，剪完就贴，严丝合缝，大小合适，比例协调。

放下抄糨糊的筷子，抬头对我笑，一窝窝人，这下看，房子有梁也有柱，猫也有处蹲了。

是的，从这个细节看，库淑兰令人难以想象的符号、几何造型和复杂构图来自她视觉的第一反应。问题是，她怎么能把那么多的视觉反应牢牢记住，永远忘不掉，还能通过剪子重现出来？你两个想不通？正常，想通了才不正常呢。到现在，我也没想通呢。

> 撇个火，点个灯，
>
> 婆婆给你说古经。
>
> 羊肉膻气鸡肉硬，
>
> 猪肉好吃咱没钱。
>
> 核桃空空枣儿虫，
>
> 丢下柿子还没成。
>
> 红萝卜，卖疯啦，
>
> 今年生姜膛空啦。

撇个火，就是在火石上打火。婆婆，不是指丈夫的母亲，是指祖母。对，这段儿唱的，还是库淑兰小时候的记忆片段。灯，羊肉，鸡肉，猪肉，核桃，虫儿，柿子，红萝卜，生姜，不仅仅是一个个物，更是一个个画面。不是呆板的，是生动可感的，羊肉膻气，鸡肉咬不动，猪肉咱没钱，核桃空心了，枣儿出虫了，柿子还没成熟呢，红萝卜卖光了……都是婆婆不给娃娃吃嘴的理由。既然给不了娃娃吃的，那就只能讲"古经"了。是，金平，精神慰藉是另一种填充饥饿的办法。再说画面，穿黑衣裳的女人跟穿蓝衣裳的女人，抬一个大担笼。抬杠正中，放一只红碗，冒黄色的火苗，对，是油灯。油灯两边，黑衣人那边，飞来一只黑鸟；蓝衣人那边，飞来一只蓝鸟。担笼系上，一左一右蹲两只小老鼠，扭脸到正面，小眼睛惊诧得很。担笼里，装满了各样花草。担笼旁，一左一右各悬一只红萝卜，带叶子，左边叶子肥，右边叶子瘦，都翠绿。当然了，黄圈、绿圈、红圈少不了，点缀人身、担笼、鸟、老鼠和空隙处……

这一幅《婆婆给你说古经》，我忘不了的原因，画面倒在其次，重点在"古经"二字上。

我问，姨，古经是什么？

彦祥爷唱的。

彦祥爷是谁？

彦祥爷就是彦祥爷，还能是谁？

噢，姨，你都叫爷哩，年纪肯定不小了。

唱的时候胡子一尺长，要是活到这会儿，妈呀，一天到黑得站在崖畔畔上。

为什么？

胡子才能垂摆到崖底下啊！你别笑，真是的，呵呵呵……

姨，彦祥爷教你唱过什么？

鸱鸮鸱鸮，既取我子，无毁我室。

恩斯勤斯，鬻子之闵斯。

迨天之未阴雨，彻彼桑土，绸缪牖户。

今女下民，或敢侮予？

什么意思？

没给我说过。

姨，你一点儿都不懂？

怎么能一点儿都不懂？鸟跟人一样，活在世上不容易，遭了难，朝天喊冤呢。

姨，还教你唱过什么？

七月流火，九月授衣。

一之日觱发，二之日栗烈。

无衣无褐，何以卒岁？

三之日于耜，四之日举趾。

同我妇子，馌彼南亩。

田畯至喜。

什么意思？

没给我说过。

姨，你想是什么意思？

天给人高兴，也给人难过；天活人，也死人。

姨，彦祥爷还教你唱过什么？

猴娃猴娃摘仙桃，

一手摘来一手撂。

一下掉到树背后，

砸了猴娃脚指头。

猴娃猴娃你甭哭，

给你娶个花媳妇。

娶下媳妇哪达睡？

牛槽里睡。

铺啥呀？铺扫帚。

盖啥呀？盖簸箕。

枕啥呀？枕棒槌。

棒槌枕得骨碌碌，

猴娃媳妇睡得呼噜噜。

还有什么？

屎巴牛点灯，点出先生。

先生算卦，算出黑娃。

黑娃敲锣，敲出她婆。

她婆碾米，碾出她女。

她女刮锅，刮出她哥。

她哥上柜，上出她伯。

她伯碾场，碾出黄狼。

黄狼挖枣刺，挖出她嫂子。

就教了这四个。后头两个个个娃都会，都懂。

姨，你唱的调调跟彦祥爷唱的调调一样？

彦祥爷教下的，怎么能不一样？

是的，《鸥鹑》跟《七月流火》的唱腔很有可能是古调。

我只会念，唱不来。唉，还是刚那话，没有超前意识，也没有录音、录像条件，没录下来。可惜了！

姨，唱腔一样，唱词为什么不一样？

看你这话问的哟，吃屎的还能把厕屎的箍住了，准许彦祥爷的唱词变，不许我桃儿的变？

桃儿是？

还能是谁？我呀，我的小名字。我妈梦着了王母娘娘的蟠桃园，摘下一个红透的桃儿吃了，肚子疼，生下了我，就叫我桃儿。

剪花娘子是王母娘娘蟠桃园里红透的桃儿，好个让人震惊的说辞！

你两个说得是，彦祥爷应该是一位乡村文人。不是孔乙己那样的酸腐文人，是一位风趣幽默的机智文人。库淑兰对彦祥爷佩服得很，给我讲了他的几个小故事。

彦祥爷的老婆怀了娃。彦祥爷掐掐算算了一番，说是个女娃。恰巧债主来讨债，彦祥爷还不了，眼珠子滴溜转，说，千金落了地，你儿得了媳。债主说，不是女娃看你怎么说？十月怀胎，一朝分娩，真是个千金小姐，彦祥爷跟债主定了娃娃亲。

西瓜熟了，彦祥爷想吃，衩衩里没钱，对瓜主说，我有一样本事，西瓜瓤进嘴，瓜子出眼眶。瓜主惊奇，说，你要是真能从眼里吐出瓜子，白吃西瓜不说，再给你挑一个大的抱走。嘿，怪了，彦祥爷嘴吃红瓜瓤，眼里吐黑瓜子，一粒一粒，连成了一条线。娃娃们瓷了眼，围住问怎么回事，彦祥爷嘿嘿笑，这有何难？神仙一把抓，施哩障眼法。

彦祥爷在外逛荡，媳妇又生了，是个儿子。邻家都来给他报喜。他手捋胡子，唱道，六十四上得一子，起名就叫慰心子。成龙任他天上飞，成虫别嫌地里黑。

为彦祥爷，库淑兰剪贴过一幅作品，就叫《慰心子》。画面上的彦祥爷胡子全白，长过了胸脯。

是的，库淑兰张口即来的本事跟她彦祥爷分不开。一九九六年，省文化厅副厅长来看库淑兰。这位副厅长是陕北人，长相像少数民族，高个头，大脑袋，鹰钩鼻。对，对，最后一个匈奴，陕北人有匈奴人的血脉。我介绍说大领导看你来了，库淑兰抬头看一眼，张口唱：

> 一个怪人到我家，

中国身子外国颡，

洋人鼻子汉人牙，

老婆子想说怕怕怕，

一窝窝人却说官位大。

看到这些画，是在腊月二十三上，馆里发福利，有豆腐，有御面。我分出一半，又称了三斤清油，给库淑兰送去。下过一场雪，原上一片银白。你两个想着冷，其实不然。自行车踏过一阵子，身上发热冒汗呢。对，耳朵冷，鼻子冷。年轻么，不觉得。推开窑门，库淑兰坐在炕上，剪纸呢。这时候，富村已经通了电。电灯泡吊在库淑兰头顶。见我进来，她先是一脸惊，再是一脸喜，哟，夜黑间睡梦里梦你呢，一窝窝人，你今儿就进门了。噢，你看我老婆子瓜实了没瓜实，睡梦是老天爷托下的，给我说你今儿来哩。来了就来了，手上提这么些包包蛋蛋做什么？

我笑一笑，今儿小年，快过大年了，来给姨提前拜年。

我往里走，把东西放在案板上。

身后传来库淑兰的喊叫，糊涂了，糊涂了，把日子过糊涂了，今儿都二十三了呀。

我见宝印叔蹲在灶跟前吧嗒旱烟，招呼说，叔，在呢。

宝印叔不理睬我不说，还猛地把头扭向一边，像是跟我有仇怨呢。这个怪脾气的老汉哟，哪有这样待客的？

我没在意，回到炕跟前，给库淑兰说一声取纸，出了窑门，取下捆绑在自行车后架的一沓彩色蜡光纸，返身回来，放在炕上。冷风往窑里灌呢，我赶紧关上窑门。是的，每一次来，彩色蜡光纸必不可少。炕上，大片的，小片的，绿一片的，红一片的，蓝一片的，黄一片的，没剪的，剪了半截子的，剪好的，还有碎纸屑，铺得满满的。

　　库淑兰说，炕上没地方，一窝窝人，将就坐在炕边。

　　我看她脸发青，手也发青，伸手往炕里摸，凉冰冰！

　　姨，怎么不点炕？

　　炕热了熏颜色哩，花铰不成了。

　　这怎么成，三九天啊！

　　窑里头暖，能成，能成，脚腿在被子里头捂着呢。一窝窝人，你不操心。

　　你两个都知道窑洞冬暖夏凉，这话不假，但这是相对而言的。三九天，窑里面绝对不暖和，腿脚盖上被子也难以御寒，何况还要动手剪纸啊。

　　姨，身子比剪纸贵重，别把人冻出麻达了。

　　不咋地，不咋地，黑间睡觉之先收拾了纸，点炕呢，热一夜，热气散一白日，能成，能成。

　　什么热气散一白日，这一会儿，我已经感觉到冷了。我刚想再说，库淑兰唱开了：

鼻子疙瘩红，耳朵轮子红，

一窝窝人受了冻。

豆腐冻，御面冻，

一窝窝人的心眼真格儿红。

双手冻，搓一搓红，

俩脚冻，跳一跳就能成。

铰花馍，铰甜饭，

灶王爷的嘴巴都抹红，

上天说下好话年年成，

年年成，年年红。

一窝窝人，幸亏你提醒，姨今黑送灶王爷上天言好事，铰花馍，铰甜饭，再铰一个鸡，再铰一个鱼……

好我的淑兰姨啊！

日子这么苦焦，心里怎么就没有一点儿难肠！不但没难肠，还有那么多的笑，还有一幅幅令人亮眼的彩贴剪纸画……

这一天，我带回去的有《白鸡下蛋》，画面一只鸡，一只黑皮黄心的鸡蛋，唱词只两句：

西安省，三水县，

白鸡下了个黑鸡蛋。

还有《咪咪猫，上高窑》《兔儿兔儿三瓣嘴》《玩灯歌》。

还有《大姐娃巧打扮》《两个吹手吹唢呐》《女婿又秃又尿床》《我大我娘心不好》。《我大我娘心不好》的唱词是这样：

　　　　我大我娘心不好，

　　　　给我寻下女婿鬼碓高。

　　　　吃饭不知饥和饱，

　　　　关门不知迟和早。

　　　　顿顿上炕要我吊，

　　　　把他咧碎大一锤攮到炕仡佬；

　　　　想来想去又搂上。

　　　　桐木单桥实难过，

　　　　缺一枝子配一双。

　　　　秤锤碎了搬千斤，

　　　　胡椒碎了辣人心。

　　　　十口子，八口子，

　　　　已不过的两口子。

　　我想问唱的是不是她自己，还没张口，宝印叔猛地吼开了，烂嘴不长记性，人来疯病又犯了。

　　扭头看，宝印叔眼睛瞪得圆圆的，胡子抖……

　　库淑兰变了模样，回头吼，丢人丢到村里头，别丢到公家人眼里头！

　　宝印叔在灶台上使劲敲烟锅子，嗨，嗨了两声，瞪一眼我，蹲下了。

库淑兰换回了笑模样，对着我。

我说，姨，别硬剪，咱没有任务，累了就歇。

库淑兰笑，说了你别笑话姨，不是姨硬要铰花，是花把姨箍住了，不铰不得成，黑间睡梦里，白日吃一口饭间，都是花，不离人，在心上挠，铰了才安宁……

是的，金平，库淑兰进入了艺术创作燃烧状态，灵感正在一个接一个喷发。

是的，小麻，《我大我娘心不好》唱的是她自己。她对自己的婚姻不满意，但又无可奈何。不说这个，说了难过！咱继续说艺术。还有《斟酒歌》《风吹门帘照着她》《黄狗咬谁哩》《官凭印虎凭山》《生死路上无老少》《喂狗》《五兄弟》……明天在纪念馆里都能看到。

站在炕边，我想起王宁宇的话，积攒些作品，有了量，给我摇个电话，我再来。他说的"量"是多少？一百幅差不多了吧，够办一次展览了。这一百幅，有花鸟果实、乡土生活、民间风俗，还有童谣世界、乡村爱情，赤橙黄绿青蓝紫，什么颜色都有，什么内容都有。更可喜的，旬邑彩贴剪纸是民间艺术的首创，这个展览一定能有影响。照库淑兰这样剪贴的速度，要不了多长时间，一百幅没麻达了。

我看一眼宝印叔，心里又一冷，说不出来的揪。

我说，姨，铰好的这些我先拿走，我衩衩里钱不多，下回来了给你。

库淑兰的手摆个不停，哎哟，咱是一窝窝人，快别说钱的话，姨不要钱！你回回来了不空手，七七八八，哪个是你自家产？都是花钱买下的呀。

你两个别笑话，年关了，正是花钱时候，我上有老，下有小，手头也紧张，给库淑兰十块八块觉得不好意思，想多给一些。多给了，宝印叔的模样就不至于这样难看吧。

回到馆里，我给领导看了驮回来的新作，说了给库淑兰钱的想法，最少最少不能少于二百元。领导爽快，年一过咱就给财政局打报告，多要些。

说了半天，库淑兰那边耍了怎样的麻达，扑来了一场怎样的"倒春寒"？光顾着说彩贴剪纸作品了，你两个定稳下，我下来就接着说。

第十章

见花要毁，淑兰姨一下子急了，挥拳头砸低头点火的宝印叔，没想到手上还握着剪子。宝印叔抬手挡，剪子尖擦破宝印叔手背，见了血。这下瞎了，宝印叔的二屎病和一冬积下的气一下子全喷出来了，抄起炕底下的扫帚，死命在淑兰姨身上抡……

正月初二，后晌临回，我妹子拽我到后院，悄声说，哥，追节那天你别来我那儿了。

嗨，为什么？

不为什么，你别来就是。

不为什么，为什么不让我去追节？

哥，你千万别来，唉，来了惹事呢。

妹子，你家里怎么了？

我家里没事，好好的。

那到底是为什么？

哥，给你明说吧，我怕淑兰姨的两个儿寻你闹事。

寻我闹事？我跟淑兰姨的两个儿无冤无仇啊。

哥，宝印叔把淑兰姨打了，肋骨都打断了，淑兰姨躺在炕上不得动弹，两个儿……

什么，什么，淑兰姨的肋骨断了，躺在炕上不得动弹？

是。

唉，唉，唉……

金平，你刚刚说库淑兰进入了艺术创作的燃烧状态，灵感正在一个接一个喷发。但在宝印叔看来，却不是这样，死老婆子中了魔怔，不过日子了。你死老婆子不过日子，能成，我老汉不得成啊。死老婆子十天蒸一回馍，一回蒸两锅，十天吃。十天里，不吃别的啥啥儿，就是个馍。先一天，馍软，还能蘸盐醋辣子。后些天，馍干了，硬了，顿顿开水泡馍，什么菜都没有。十天就十天，硬挨过去就是。气人的是，十天完了，还是馍啊。这是人过的日子不？你个女人家，不给男人做饭，只顾泡在烂纸堆堆里胡尿铰，是个什么女人？

我妹子接着说，哥，别怪宝印叔骂，他一冬没吃过几顿热乎饭啊。两个儿过自己的小日子，也顾不得管老两口儿。唉，淑兰姨自己更可怜，天天吃两顿馍都顾不得，只吃晌午一顿，一个馍，放在炕桌上，歇剪子的时候咬一口。睡觉呢？黑间有时候了，宝印叔吼叫得不行，才把纸收拾了，将就扫一扫炕，碎纸渣渣没扫净过，宝印叔翻身就吼叫，身上扎，不自在啊。不知道为什么，淑兰姨白日不点炕，临睡时候才点，柴没苫，被雪压了，湿，满窑烟，呛得宝印叔又吼叫。天没亮，淑兰姨就起来了，上了茅房，不洗脸，也不管宝印叔，摊开纸就剪，一下子剪到晌午，不屙不尿。从早到晚不动弹，就盘腿在炕上，淑兰姨怎么受得下来呀，更别说脑子想个不停，剪子剪个不停。哥，淑兰姨这是为的什么呀？村里人都摇头哩。

你两个别摇头，你两个说，库淑兰这是为的什么呀？

艺术大师的心凡人怎么知道，离她最近的人，她的丈夫、她的儿子、她的村邻，一丁点儿都不知道。咱们这些搞艺术的似乎知道一些，但也只是似乎，怎会知道得全，知道得透？

一直憋到腊月二十九上，不知道为什么事吵嚷，也不知道哪一句话点着了火，宝印叔憋不住了，动开了手。开始没打人，只把炕上的纸卷了，塞进了炕洞，要点火。

哥，淑兰姨身上挨了打倒不要紧，她受惯了。宝印叔不知道淑兰姨的心在铰下的花上啊！

见花要毁，淑兰姨一下子急了，挥拳头砸低头点火的宝印叔，没想到手上还握着剪子。宝印叔抬手挡，剪子尖擦破宝印叔手背，见了血。这下瞎了，宝印叔的二尿病和一冬积下的气一下子全喷出来了，抄起炕底下的扫帚，死命在淑兰姨身上抡……扫帚抡散伙了，抄起案上的擀杖。趁宝印叔取擀杖的空儿，淑兰姨蒙上了被子。宝印叔跳上炕，拽开被子，骑在淑兰姨身上劈头盖脸捶。一边捶一边吼，想要我的命哩，看谁要谁的命，打死你这个烂货女人，打死……淑兰姨没命地叫唤，幸亏窑外绞水的人听见了，要不然，这会儿不知道淑兰姨人在哪儿呢！

她男人啊，下手怎么这么毒？送医院了没？

没有，断了一根肋骨，用一节大布缠裹了，伤筋动骨一百天，得养。眼窝青了，嘴烂了，脸肿了，浑身疼……淑兰姨说，这辈子被这老牲口打匝了！

真是老牲口！

眼看着过年了，出了这么大的事情，两个儿骂开了，哥，先把我劈头盖脸骂了一顿，接着骂你……

为什么骂你？为什么骂我？

骂我领你认得了淑兰姨。骂你拿纸叫淑兰姨剪。如果我不领你认得淑兰姨，如果你不成天给淑兰姨送纸，怎么会出这号事？放话说，你来了要跟你算账呢！

你两个听听，怎样的道理？我成罪人了。

跟我算什么账？

他妈的吃药钱、受疼钱，伤筋动骨一百天，他爸他妈一百天的吃饭钱……

你两个别骂，要骂就骂穷吧，刚不是说了么，穷不要脸，让人不像人了。

我妹子怎么知道得这么详细？

听见绞水的呐喊，我妹子正在窑外抱柴，撂下柴就往库淑兰的窑洞跑。几个男人跑得快，先她冲进了窑洞，把孙宝印拖了出来。我妹子进了窑洞。库淑兰看见我妹子，呻唤了两声，叫她上炕来。我妹子问她要紧不，她说，姨命大着呢，一时半会儿死不了。我妹子要叫人送她去医院，她不愿意，说，不说花钱的话，不想把人丢到县里去。我妹子说，淑兰姨，都这么大年纪了，还打闹什么呀？

库淑兰说，好我的瓜女子哟，姨是那打闹的人不？唉，刚忘了手上握着剪子，挥手把那老牲口碰出了血。

一边说，一边挪身子。挪得那个疼啊，一声接一声叫唤。我妹子抱住她挪开，露出身底下的一沓纸。库淑兰抓住，塞给我妹子，让她赶紧拿回去。唉，就是我腊月二十三拿去的那一沓纸，还没解开呢。我妹子哭，淑兰姨，纸算个屁，你人要紧。

库淑兰吭哧吭哧向我妹子，瓜女子哟，你要是心疼姨，就赶紧拿回去，放下了再来。你不拿走，老牲口就又塞炕洞了。

我妹子不动，库淑兰说，姨好了还要铰花呢，你不拿回去，姨用什么铰？

我妹子还不动，库淑兰叫，瓜女子哟，姨叫你一声姨，你给姨快拿回去。

库淑兰眉头皱得紧紧的，眼珠子瞪我妹子狠狠的。我妹子跑回去把纸放下，又跑回来。这时候，库淑兰的两个儿来了，看见我妹子就骂……

哥，淑兰姨都被打成这样了，还撂不下剪子。你说，淑兰姨的心是怎么长的？

你两个说，库淑兰的心是怎么长的？别，别叹气，别，别流眼泪。

我对我妹子说，等不得追节那天了，我跟你一道走，现在就去看淑兰姨，不怕她那两个儿，不信天下没王法了！

我妹子拦挡住我，哥，去不成啊！

去，不是去得成去不成的事，是一定要去！

我推开我妹子。我妹子一把拽住我，变了脸，哥，妹子问你，去了，除看一眼，你还能做什么？

我愣怔，问自己，是啊，除了看一眼，我还能做什么？

哥，不去都安生，让淑兰姨静养；去了惹事，淑兰姨也不得安宁。

是啊，我妹子的话在理。

胸脯里头缓了些，我妹子说，淑兰姨专意叮咛我，不
准我给你说这个事，怕你急……

妹子，不去看一眼，我心上不得成啊。

你两个说说，去了除看一眼，我还能做什么？

那一瞬间，我觉得自己太无能了。

我让我妹子等一等，搜腾了一程，连娃的压岁钱都掏
了，搜腾出三十七元钱，让我妹子给库淑兰。

我妹子问，这是什么钱？

腊月二十三从淑兰姨手上拿了些剪纸，没给钱。

我妹子不要。

我说，公家的事，我先垫上。年过完了，再给她申
请些。

我妹子这才接了钱，哥，不论怎样，这一段你别来，
咱不硬往钉子上碰。

你常去看看淑兰姨，帮帮她。肋骨断了，光用大布缠
裹行不行？

行，乡里的骨科大夫缠的，还给了些长骨头的药。哥，
照看淑兰姨你不操心。我不管他两个儿骂，天天给她送些
吃的。淑兰姨心长，腊月二十五，给我铰了窗花，还给娃
铰了属相。

出了门，我妹子又停下，哥，妹子还有一句话想给你

说。欲言又止的样子。

快说。

淑兰姨这一难过去，妹子劝你再别去她那儿了。

为什么？

拿了纸去，她又魔怔了，日夜铰个不停，宝印叔脾气上来了，又……

妹子，淑兰姨剪纸剪得好啊，不剪就可惜了。

世上可惜的事情多了，哪一个有命可惜？淑兰姨剪得再好，剪得没命了好不好？村里人都说，宝印叔要不了淑兰姨的命，她手上的剪子非要了她的命不可！淑兰姨要安然活到老，以后再不能碰剪子，再不能铰花了。哥，趁这个事，你今后不要给淑兰姨送纸了。你给公家做事，没人说得上你；妹子一辈子在村里，不想听人背后撂渣滓话。

你两个听听，道理翻成什么了，我给库淑兰送纸成了要库淑兰的命。我是凶手？

道理跟谁讲？

道理是各人自己的。站在宝印叔的立场，能吃上热乎饭，能往下过日子；站在库淑兰两个儿的立场，父母亲少给他们添麻烦，少让他们花钱；站在村里人的立场，库淑兰铰什么花啊，把日子顾住、不挨男人打比什么都强。

我的道理呢？

库淑兰是天才，脑子里不知道装了多少让人惊叹的花样，不剪出来留在世上，枉了天才的名、憋屈了天才的心不说，人世间少了多少精彩的剪纸艺术品啊！

谁的道理都没错。谁都坚持自己的道理。

我暗想，这一场事情过去，库淑兰的身体恢复了，不管怎样难肠，千方百计，排除一切干扰，一定让她重新握住剪子，继续剪，剪出旬邑……

领导听了，叹息一声，唢呐刚噙到嘴里，哨片坏了，吹不响。可惜了老婆子剪纸的一双巧手。我说，伤筋动骨一百天，等她恢复好了，咱想办法排除一切干扰……

领导打断我，小文，别说咱想办法这话，清官难断家务事，咱躲都躲不及呢，还要往里缠绕？我敢说，经了这一场事，老婆子剪花的心死定了，六十多岁的人，日落西山，何苦啊！

库淑兰跟一般人不一样！

再不一样，还是人啊。我承认老婆子剪得好，但心强命不强，跟了这么个二屎老汉，她有什么办法？等她身体恢复好了，剪是初一，不剪是十五，小文，咱不勉强，由她。别嫌我心硬，这不是咱分内的工作，咱庙小，管不起呀。唉，可惜了你的副乡长了。年前拿她那些剪纸作品，你说二百元就二百元，咱了了这一笔账，不欠她。财政的报告没法打喽，还做背板做画框做什么，还跑西安、跑北京做什么？

王宁宇、程征那儿倒是个事，他们等着呢。这样，你寻机会把年前这些作品给他们看看；老婆子的家务事，不要汇报。

就过了个年，领导的想法怎么一百八十度大转弯？

小麻，金平说得对，不是领导的想法一百八十度大转弯，而是库淑兰的形势发生了一百八十度大转变。领导的决定跟形势转变呀。

我的想法没有变，待库淑兰的身体恢复了，不管怎样难肠，千方百计，排除一切干扰，得让她重新握住剪子，继续剪啊，剪出旬邑，剪到更大的地方去！王宁宇、程征那边，不急于给他们看年前那些作品，看了，没有后续怎么办？

那一阵子，我人虽然没在库淑兰的窑洞里面，但心没离开过。脑子乱糟糟，一直揪着，计划中的剪纸学习班一拖再拖。见过一回我妹子，让她拿回馆里给的二百元，给库淑兰用。我那三十七元就那样了。过了些天，我妹子来了，告诉我淑兰姨恢复得不错，可以下炕走动了。我心安了些，开办了学习班。这次时间短，只一个星期。何爱叶问我库淑兰怎么没有来。我说，年纪大了，身体不好吧。我不愿意更多的人知道库淑兰挨打的事。

见不着库淑兰，我一幅一幅临库淑兰的彩贴剪纸画。是的，用水彩。《江娃拉马梅香骑》《空空树》《绣姑娘》《不吃搅团再吃啥》……越临越对她佩服，佩服得五体投地，那一股子说土不土、说洋不洋的味儿，怎么也临不到位。题写那些"古经"时候，库淑兰的笑和唱忽闪在眼前，我不由笑出声来。笑过，心又揪成一疙瘩。我不相信，库淑兰的艺术生命就此画上了句号。我相信，库淑兰不会因此而歇下剪子。她不是给我妹子说了嘛，姨好了还要铰花呢。虽然这么想，不知为什么，心里时不时惶惶。我拍胸脯，定稳住自己的心惶，等待春暖花开，等待天才的库淑兰回来。

记得是三月吧，一天大清早，我妹子闯进办公室，气喘吁吁，哥，淑兰姨，淑兰姨跌到崖底了，昏迷不醒，怕是不行了……

第十一章

田野空荡荡，呐喊声没有回响，不知道散乱到哪里去了。

我心里问，天才啊天才，可怜可悲的天才，难道真的像野草一样，就这样被刬了根，再也等不来春天了吗？

『特殊』的苗苗就这样夭折了吗？

金平，不在你探头俯瞰那地方，在左手方向，库淑兰窑洞东一百米多点，沟道在那儿转了一个倒"U"形的弯儿，库淑兰就是从由南向北开始转弯地方跌落的。我妹子指给我，崖陡，探头什么也看不到。我跑过"U"形的弯，从对面看，七八米深啊！崖壁上，稀稀落落的荆棘枝条在风中摇晃。崖底，匍匐的杂草正在直起身来，冒出些微微的绿意。

　　三月底时候，原上还未完全回暖。

　　什么时间跌落的？

　　先一夜十来点吧。我妹子听村上人说的。她家离跌落地方二百米。那时候她在窑里哄小的睡，什么都没听见。

　　夜里十来点了，淑兰姨出门做什么？

　　邻村有一家的娃娃病得紧，请淑兰姨去禳治。禳治毕，一个人走回来时候跌落的。

　　她会禳治？

淑兰姨是橛子啊，给咱的娃都禳治过。

你两个知道橛子不？金平知道呀。噢，小时候经橛子禳治过，印象深。我也经橛子禳治过，也记得。在院子中间摆桌子，点香蜡，接一碗凉水，放在桌子当中。橛子念念有词，往凉水里立筷子，就一根，立不住；念念有词一阵儿，再立，还立不住；又念念有词一阵儿，立住了；继续念念有词，越念越快，突然，面目变得狰狞，扬刀劈筷子，用的是我家的菜刀，厉声喊，滚得远远的，不准再来缠挽这个娃，听见了么？停顿一会儿，面目和缓了，曼声说，听见了就好。我让娃他妈给你烧一些纸钱，安安生生过你的日子，再别来祸害娃了。听着，有一没二，下一回再让我碰见你，绝不轻饶！说完这些，伸指头在碗里蘸一蘸，弹指头，凉水溅在我脸上，猛然一下子，凉得很，不由人不打一个机灵；再撮一些香灰，放在碗里，用开水冲了，让我喝。我喝不下，我妈硬让我喝……跟给你禳治差不多啊，哈哈哈……这些年我想明白了，这其实是一种心理疗法，安慰人、强人信心的。是的，感冒了什么药不吃，过几天也会好。小麻，橛子类似神汉、神婆，驱鬼祛病的。现在少了，那时候缺医少药，每个村子都有。虽然每个村都有，但听我妹子说库淑兰是橛子，我还是震惊了。为什么？

我把彩贴剪纸的库淑兰跟驱鬼祛病的库淑兰怎么也合并不到一块儿。

我妹子还说，方圆几个村，请淑兰姨的人家不少呢。这几年日子好了，不再缺医少药，请橛子的人少了。那一家境况不好，还用老方子。

家门口的路，该熟呀，怎么会跌落下去？

就她一个人走，没人知道；兴许因为天黑，瞅不清。

是不是因为肋骨还没有好利索，走路不稳当？

不会，肋骨已经长住了，淑兰姨给我说不疼了。别看淑兰姨小脚，走起路来稳当着呢。

淑兰姨肋骨长住了，怎么不给我说？

淑兰姨不让说。她说等新铰下花了，再给你说。

新铰下花没有？

没有。为铰花起的事，刚起来就铰花，又得起事。

怎么发现的？

淑兰姨喊叫救命，村里有人路过，听见了；看不着，寻声下到沟底抱了上来。

什么时间昏迷的？

救的人说，他下到沟底，寻着了人，刚抱起来，只听哎哟一声，昏死了过去。村里老人说，刚跌下去，想活命呢，心里拿劲，能喊叫出来；得救了，心一松，一下子就昏死过去了。

的确，昏死过去了。

库淑兰一动不动躺在炕上，脸色苍白。我连唤了三声姨，没有一丁点反应。我看一眼我妹子。我妹子摇一摇头，意思是不要唤了。我掏出两张十元的票子，放在库淑兰盖着的被子旁。库淑兰的两个儿站在炕跟前。我进来的时候，他们愣了一下。我妹子说，我哥来看淑兰姨。两个都不言声，后退一步，给我让开了地方。我朝他们点一点头，他们都不应，低下了头。

窑里憋闷得很，我心里更憋闷。再看了一眼一动不动、脸色苍白的库淑兰，转身出了窑洞。

身后的我妹子说，宝印叔，两个哥，你们在，我跟我哥先回了。

走出窑洞几步，我问，宝印叔在哪儿？

在灶火跟前蹲着呢。

窑里没开灯，光线暗，我没有看见。

两个儿怎么没跟我闹事？

那时在气头上，没处撒气，乱嚷嚷呢。事情过去了，还闹什么事？这一次要闹事，不该寻我，该寻请她妈禳治病的那家人呀。再一个，馆里给了二百元，那时候，不少呢。唉，他们哪里知道，这二百元不是馆里白给的，是他们的母亲一冬起早贪黑剪纸的报酬啊。

身上哪儿摔伤了？

几个年老妇女查了，身上哪儿都没伤。

为什么不送医院？

唉，都说是送到医院白撂钱呢。那么高摔下来，这么大年纪，还能活命？都说，外表摔伤不要紧，能看见；怕的是内里摔坏了，特别是脑子，看不着，才要命呢。唉，就这样在屋里数天天，不知道哪一天……

妹子，你天天去看一看，淑兰姨苏醒过来，你赶快来给我说，千万别耽搁。

哥，你不操心，淑兰姨一有动静，我就跑去给你说。

骑车子出了富村，我实在憋闷得不行，撂下车子，跑进空荡荡的麦地，嗷嗷地呐喊起来。

田野空荡荡，呐喊声没有回响，不知道散乱到哪里去了。

我心里问，天才啊天才，可怜可悲的天才，难道真的像野草一样，就这样被剜了根，再也等不来春天了吗？

"特殊"的苗苗就这样夭折了吗？

领导听了，震得站起来，在办公室来回走，不住摇头，叫道，咱旬邑这苦焦地方，有个人难，出个人更难啊！缓一口气说，小文，上一回老婆子的家务事，我怕你被缠挽进去，故意那么说。我知道，剪纸跟吹唢呐一样，一旦黏上了，一辈子都撂不开。我想，老婆子身体恢复，家务事不缠人了，肯定还离不得剪子，还会剪个不停，你再慢慢做工作，谁料想……既然已经这样了，你要接受现实，咱有那么些剪纸高手，你再发现，再培养……

我没有说话，心想，天才可以发现，但不可以培养啊。库淑兰这样的天才，不是我想发现就能发现的，更不是我文为群这样的本事能够培养的。天才可以培养吗？换了本事再大的人，也不可能培养啊。如果天才可以培养，那培养天才的人自己早已经是天才了。

我给程征打了电话。听到库淑兰跌落悬崖，程征哎呀一声，不说话了。等了好一时，我"喂喂"了两声，他才开口，难以置信，实在难以置信。

我也难以置信，但亲眼见到了昏迷不醒的库淑兰。

还留下些什么作品？

我说了年前剪贴的那一批，特别介绍了《空空树》《绣姑娘》和《婆婆给你说古经》。

略微停了下，程征说，为群，我知道库淑兰彩贴剪纸的艺术来源了。

在哪里？

刺绣，民间流传千年的刺绣！拼拼贴贴的绚丽色彩，无论观念与拼合形式，可不就是从她母亲、从民间刺绣的色彩与做法上移植而来的吗？

我恍然大悟，对着话筒叫，是的，是的。

一幅《江娃拉马梅香骑》足可以让她载入中国民间美术史，可惜了，可惜了啊。为群，库淑兰是从最地道的民间艺术环境中成长起来的民间艺术家，她的艺术思维方式与语言表达方式，是在相对封闭的文化生态环境中形成的，外来文化因子难以影响她文化基因的原生性；也就是说，她按照自身拥有的文化因子和潜在脉络去发挥艺术的想象力和创造力。简而言之，库淑兰的艺术思维和表现是本土的、民族的，是本源的、纯粹的。

这是理论性的最后总结？

这是我这一段时间的思考。毫无疑问，库淑兰是世上极难遇见的艺术天才，是在你们旬邑特有的文化生态环境土壤里生长、以乡土艺术形态出现的天才。可悲的是，天才的才华还未完全绽放开来，却眼看着要陨落……

我默想，生活给了库淑兰一个带有大自然原始色彩、落后贫穷生存环境的同时，又给了她一个并未被破坏、被污染、古朴的、神奇的原生态艺术园地。她的一生既是可悲的，又是幸运的。但愿她经历过人世间的苦难之后，在另一个世界遇见一片吉祥的、安宁的园地，像她彩贴剪纸画那样美丽的、纯净的园地。

程征打断我的默想，为群，人生难得相逢，更难得与天才相逢，老人家上路时候，你一定通知我，我和宁宇几个赶去送一程。

好吧。

为群，宁宇想等库淑兰的作品更成熟，并且有相当的量了，举办一次专题展，以取得轰动的效果，引起全国民间艺术界的关注。鉴于目前这样的情况，我给宁宇建议，将窝就窝，有多少展多少，能产生多大影响就产生多大影响，抓紧把库淑兰彩贴剪纸专题展办起来，也算是对这位民间艺术天才艺术生命的总结和告慰。

只能这样了，我这就着手准备。

所谓准备，就是做画框，写说明签。

这个说明签与平常的说明签不同，除作品名称、创作时间、地点之外，还要把"古经"内容列上。前面说了，一幅彩贴剪纸画与一曲歌谣应是一个整体，声画结合，交相辉映，不能分开。放在嘴上，这个工作容易；落在纸上，难！库淑兰用方言唱。方言中的好些字，说得出，写不出。比如，鹐鹧鹧，鹐就把我难倒了。是的，鹐，说出来陕西人都懂，尖嘴在树皮上啄，写，你两个会不？不会吧，没几个人会。又比如，"蜂把我颡蜇哩虚腾腾"这一句里的"颡"，关中人都明白，颡，就是脑袋，秦腔不是被戏称为"挣破颡"么？写，还是没几个人会。再比如，"只要面头长得皙"这一句的皙，用稀少的稀还是用白皙的皙，很难拿捏得定。用拼音标注吧，显得我旬邑人没学问；写别字，更显得我旬邑人没学问了。我访了又访，在赵家洞崖居那儿访着一位老先生，姓萧，跟萧之葆一门，晚两辈。萧之葆辞官回乡之后就住在赵家洞崖居，闭门谢客，潜心读书。

赵家洞崖居小麻竟然没去过？噢，是的，以前路不好，难到跟前。现在沿着三水河修了观光路，方便得很，你两个去看看。赵家洞又称琅天洞，沿三水河岸的悬崖峭壁一字排开，相传"始为周人穴居之地"，整个石窟群先小后大，先下后上，逐渐形成三层楼阁。上两层有完整洞穴四十多孔，洞内宽敞明亮，设有暗道，连接上下洞窟，进入其中仿佛进入迷宫。洞外崖壁上修有栈道，架有云梯，使得穴穴相通。世代百姓口口相传，说古时候人们为了避开战乱，躲在石崖上，时间长了，便凿成洞穴居住，久而久之就形成了崖居。金平，里面没有造像。往东，马栏革命旧址方向，悟空洞石窟群里有，残破得不像样子了。传说还说唐僧取经从这儿经过了呢。

库淑兰唱的时候，我记录得急，中间没有标点断句；写不出来的字，用符号代替了。跟萧老先生对的时候，有些地方断不准句，有些符号竟然想不起来是什么意思了。老先生学问真好，一一帮我把难题解决了。比如颡，翻遍《新华字典》《康熙字典》，没有一个与口音准确对应的字，唯有这个颡字意思无误，但读音和口音有差别，老先生这才动用了拼音，括弧里注明关中方言读 sa，上声。

唱词终于理清，我给老先生报酬。老先生坚辞不受。

萧老师，公家事啊，为什么不受？

做这一趟事，心里畅快；受了银钱，反倒不畅快了，为何要受？只有一事相求。

什么事？

可否见一见这位唱曲人？

我说了库淑兰跌落悬崖，昏迷不醒，老先生唏嘘。我问，萧老师，为什么要见唱曲人？

佩服！"鸲鹆鹆，鸲树皮，江娃拉马梅香骑。江娃拿哩花鞭子，打了梅香脚尖子，梅香'嗯呀，嗯呀，我疼哩！'"
这五句，堪称"关关雎鸠，在河之洲。窈窕淑女，君子好
逑。参差荇菜，左右流之。窈窕淑女，寤寐求之"之后续。
君子求到了窈窕淑女，成了家，日子就该像江娃和梅香这
么过啊。淑女梅香近在旬邑，自然当问候请教，一睹佳颜。

您是与萧之葆一门饱学的人，怎么向不识字的农村老
婆子请教？

惭愧，我读死书，死读书，书还是书，我还是我；梅
香读活书，读活了，读成了自己的。风雅颂，风就是周时
期的民间歌谣。库淑兰的唱词把古风、戏曲、快板、顺口
溜等民间说唱糅杂了，形成了自己的腔调，唱自己的故事
和内心的感触，而且，语言感觉把握非常之妙，情景交融，
意境深厚。更有意思的是，常有幽默诙谐之句，令人捧腹，
类似陕西人嘴里的"撂臜话儿"，比如：

柴又湿来烟又大，

碗沟沟锅里下不下，

刀有豁豁案又洼，

擀杖就像辘轳把。

锅板四片锅四匝，

笊篱没颡勺没把。

多生动，多传神，多诙谐……

老先生对库淑兰赞不绝口。这个活儿看不见，却劳神，老先生字斟句酌，忙活了近一月。

一月间，不见我妹子来。

外人看我在忙，看不见我心里头乱。我心里头，波涛翻滚，轰轰的，惴惴的；就怕到黑，翻滚得更厉害，看着躺下了，却睡不下，脑子里全是库淑兰和彩贴剪纸画。

做画框简单，花钱的事。领导说，材料要好，做工要好，寻最好的铺子，不辱没老婆子的彩贴剪纸，也在省上不辱没咱旬邑。专题展的名头是"旬邑彩贴剪纸——库淑兰作品展"，旬邑二字打头呀。那时候，旬邑还没有做画框的铺子。我没敢去西安，怕贵，赶到咸阳，寻到了老街里，在博物馆跟前，老早的文庙，寻到了一家中意的。人家要价一幅二十元，我搞呀搞，搞到了十一元。这时候，我手里有库淑兰的作品七十九幅，不算册页里那十幅。

领导说，要算在内，启根发苗的虽然没有后头的有看头，但那是开天辟地的啊。

这句话说的，领导就是领导，水平高。

加上吃住行等等，领导给财政上打了两千元的报告，让我送去。领导说，别空手，为库淑兰的事，你给局长送一幅库淑兰的剪纸。

我不舍得，满共不到一百幅，还送出去一幅？

领导说，你就忍痛割爱一幅吧，舍不得孩子套不住狼。

犹豫再三，我拣出一幅兰花草，因为有相似的两幅。这一幅没有那一幅好，可能是库淑兰对比色彩效果的试验之作吧。

领导之所以让我去，是因为财政局局长跟我相识，还可以说相熟。为什么？因为他原先也好画几笔，写几笔。当上局长之后，太忙，跟我笔墨上交流少了。我把兰花草压在要钱文底下，放在局长办公桌上。局长扫视一遍，提笔批了一行字，递给我。我一看，瞎了，核批六百元。不对呀，要两千元呢。

你们要两千元我就给两千元？为群，这是你来了，别人，一分没有。钱紧得跟螺丝一样，要用在正股正行上，不能用在谝闲传的事情上。

这是省上安排的正经工作，不是谝闲传啊。

你们说是省上安排的工作就是省上的工作了，文呢？就咱县上妇女那两把剪子，哼，专题展。想要钱就说要钱的话，不要拿省上压我。

好我的局长大人，虽然没有文，但真是省上特意安排的事情，你看看，库淑兰剪得多好。我指给局长库淑兰的兰花草。

这叫好？我不是外行，蒙不了。我还忙，顾不得跟你讨论艺术问题。为群，说一句工作之外弟兄们间的话，好好画你的画，写你的字，怎么把个胡尿剪纸的老婆子当正经？务旁人庄稼，荒自家的地！

你两个听清楚了没有，那时候，县上干部就是这样看我的。丢下自己的一亩三分地，忙活乡下老婆子的剪纸，笑话啊。在县上干部的心目中，我的书画还是有前途的，起码比乡下老婆子的剪纸有前途。

大前年，局长寻到我，已经退休了，比我早几年，让我给他搞一幅库淑兰的彩贴剪纸画，情愿花钱。

我说，早些年不是给你了吗？

唉，亏先人呢！你前脚走，我后脚就塞进了废纸篓。后来灵醒了，想寻你要，哪好意思呀！

现在怎么情愿花钱要？

儿在北京办事，对方听说老家在陕西旬邑，点名要库淑兰的剪纸。为群，为了儿，我能不来寻你吗？

局长大人，你知道，库淑兰亲手剪下的已经是县上的宝贝了，你花再多的钱，也不可能卖给你呀。

那怎么办？

跟兵马俑馆门口卖兵马俑一样，有复制品。

复制品就复制品，要像啊，让北京人看不出。

我领局长在何爱叶家里请了一幅《剪花娘子》，优惠到底，五千元，不贵，仅是何爱叶忙了一个多月的工钱。

我说，省级非遗大师敬心复制的，怎么会不像？

局长摇头感叹，亏先人哩，真东西送到手上不花钱，为复制品寻到人家门上花大钱。

三十年河东，三十年河西。

五十天过去了，眼看着收麦，我妹子还没有来……

好，好，把钱的事说完。领导看了局长的批示，皱一皱眉，计上心来，书记认得你，寻书记批呀。

书记就是让我当副乡长的县长，当书记一年多了。

我真寻去了。人家不愧能当书记，是那块料呀。听了我汇报，一边批示一边说，花两千元在全省宣传展示咱旬邑，哪寻这样的好事？

把文递给我，就为这个人你不愿意当副乡长？

是。

库淑兰真有这么大的魅力？

真有。

展览时候通知我一声，我去看。

欢迎领导。

为群同志，库淑兰老人家已经这样了，展览结束，我还是原来的想法，你到乡上锻炼锻炼，视野更开阔，胸怀更宽广，以后干更大的事。

这时候，省文化厅来了文，文化厅与文化部对外展览公司联合筹办"中国陕西乡俗手工艺展"，请县上挑选十幅库淑兰的彩贴剪纸作品送到省文化厅群众文化处。

省文化厅怎么知道了库淑兰？王宁宇调到厅群众文化处当处长了。

王宁宇见了我，不急看我挑选的库淑兰剪纸作品，而是问，为群，你能回答我一个问题不？我百思不得其解。

什么问题？

民间艺术家怎么都这样苦啊，艺术水平越高，人生境遇越苦，像曹佃祥、郭佩珍、张林召、高凤莲、刘兰英、库淑兰，为什么？

曹佃祥比库淑兰小一岁，安塞县人，青年时候就以箱子画、锅台画和剪纸远近闻名，后来巧妙地把剪纸和刺绣融于绘画，想象大胆，形象多变。

郭佩珍比库淑兰小十二岁，佳县人。她是民间艺术的全才，剪纸、刺绣、面花、纸扎、泥塑样样精通，样样出手不凡。

张林召比库淑兰大八岁，富县人，爱看戏剧表演，爱听神话传说，爱绘画剪纸。作品造型粗犷、古朴、稚拙，神情生动，动感强。

高凤莲比库淑兰小十六岁，延川县人。她的布堆画跟她的剪纸一样出名，剪纸作品从远古神话传说、民间故事到现实中的农家生活、生产劳动、民族风情，包括大柳树下的谈情说爱，无所不包。

刘兰英比库淑兰小八岁，延川县人。她的剪纸作品抽象，保持着原始图腾崇拜的遗风，与仰韶文化的图案类似。

这些民间艺术家我都见过，都是农村妇女，从面目上看，都是受了苦的，具体受了怎样的苦，我不知道。我是在省上组织的学习交流活动中认识她们的，并不了解她们的人生经历。这时候，她们在当地已经出大名了，库淑兰远远达不到。

我回答道，别人我不了解，不敢多说，就说库淑兰吧。或许是现实生活的苦难不允许她浪漫的艺术想象吧，她偏要浪漫地想象，心思没在现实生活上，日子就更苦。

是啊，不允许她们浪漫的艺术想象，但她们浪漫的艺术想象却更加丰富多彩，更加深沉绵长，更加超凡脱俗。"一肚子苦水水"恰恰是她们艺术的营养液，最宝贵的财富。为群，艺术到底是个什么东西，非要把人折磨够才能表现出来，非要用"苦水水"浸泡才能流淌出来？

出来了倒好，把人折磨够了还不让全出来，才让人痛惜呢，像库淑兰。

真让人痛惜！这些天我老在想库淑兰，我感觉她的作品苦中有甜，天真中寓苍凉，好像是人生心路的梦游，生活印象跟自然元素、彩纸、剪子、糨糊这些简陋的工具材料，还有她丰富的艺术想象在梦游中搏斗而又亲和。

说得好，梦游！梦跟现实是反的。现实中没有的，库淑兰去梦中寻找。

是的，为群，现实中没有的，库淑兰只能去梦中寻找，在苦难中寻找……

看了我送来的十幅作品，王宁宇说，库淑兰的艺术大门刚刚打开，还没完全表现出来，却……这次"中国陕西乡俗手工艺展"巡展欧洲多国，我很有信心，库淑兰的作品肯定会大受欢迎。

两个月过去了，我妹子还没有来。库淑兰会不会……

我给我妹子留的话是，淑兰姨苏醒过来，你赶快来给我说，千万别耽搁。我妹子的回话是，淑兰姨一有动静，我就跑去给你说。这么长时间了，不会还没有苏醒吧。

会不会？不会苏醒了也该给我说一声呀！

从王宁宇那儿回来，第二天一早，我赶到了富村。

第 十 二 章

库淑兰手握大剪子，面对四米立轴，成竹在胸，剪、裁、贴毫不拖泥带水，犹如公孙大娘舞剑器，天地为之久低昂；大白纸上，金黄的太阳出现了，放射出万道光芒，一个被金黄麦穗簇拥的男人站立太阳中央；月亮出现了，蓝色的圆月亮里套黄色的扁月亮，扁月亮里长出一株翠绿的小树来……

我把车子撑在水井旁。水桶里有水。马勺挂在水桶上。我取下马勺，舀了半瓢水，喝了几口；剩下的水倒在右手心，一把一把洗脸，一下子凉快了。喝水时候，一把一把洗脸时候，我的眼睛一直没有离开没漆水的老门板。老门板上没挂锁。老门板上没有贴麻纸。窑门边儿小簸箕大的窗户不一样了，窗户纸换了新的！新纸的里面，贴红颜色剪纸。窑门前这块地方扫过了，今早才扫过的样子，干净得很！

　　怎么回事？

　　风轻轻地，擦干我的脸，擦干我的手。树枝和草叶轻微地颤着。沟底下的人家传来一两声狗叫。沟壑绿透了，像一幅擦拭干净的风景画，绿油油的。

　　我走向没漆水的老门板。近了，有人声传出来。更近了，人声大了，不是一个人、两个人，人不少啊。到门口，我听见库淑兰仰面朝天那样的大笑声，脆响脆响！

　　真是库淑兰在里面笑吗？

我推开了老门板。

笑声戛然而止。

库淑兰瞪大眼睛看我。

我瞪大眼睛看库淑兰。

库淑兰端坐在炕上。

我呆立在窑门口。

库淑兰反应快，一两秒，漾出喜模样，给炕边坐的人指，看着了么，看着了么，我的大童子拜我来啦。哎哟，呆立在门口做什么，快到炕跟前来，快来呀。

我还呆立着。库淑兰忽地变了脸，为群儿，你这个当大童子的，再不来看我，我就把你想忘了，看你拜谁去。

我懵懵懂懂的，走到炕跟前，叫了声姨。库淑兰唱开了：

> 剪花娘子给你童子讲了言，
>
> 童子来到我的家里边，
>
> 库淑兰心上自在得好比鸡毛翎子扫胸前。
>
> 一朵莲花一棵根，
>
> 童子到了我的家里边，
>
> 比我的娘家人亲呀鞭。

姨，剪花娘子是谁？

哎哟哟，好我的大童子呀，你怎么问这个瓜话？来，你先拜三拜。

库淑兰挪开身子。我这才看见她身后墙上贴着的《剪花娘子》。金平，跟你刚刚一样，那时候，我也不知道这么大幅面的剪纸剪的是谁。跟你刚刚一样，我也心里问，观音菩萨吗？嫦娥吗？何仙姑吗？麻姑献寿的麻姑吗？杨贵妃吗？……我看呆了，忘了下拜。

哥，你拜呀！

我妹子怎么坐在库淑兰身旁？

我三鞠躬罢，问道，姨，这剪的是谁？

我！

你？

我是剪花娘子，剪花娘子就是我呀！

姨，你怎么成剪花娘子了？

库淑兰仰面朝天大笑，笑声脆响。

我妹子喊道，哥，淑兰姨成神了！

怎么，怎么就成神了？

淑兰姨给邻家娃娃禳治毕，往回走，一路走得好好的，走到沟边，眼看着就到她家了，还走得好好的，忽地，前脚踏不着地，这脚怎么了？淑兰姨问呢。哎呀，后脚也踏不着地了。怎么了？淑兰姨喊叫呢。哪里喊叫得出来！双脚离了地，身子飘起来，腾了空，左右上下瞅，往崖底落呢。淑兰姨急了，不由得张开胳膊，怪了，胳膊像变成了翅膀，扑棱扑棱扇，落得慢了。又怪了，脚底下像被手托住，一个人喊叫，托住，托住。另一个人喊，放下，轻轻放下。说话间，淑兰姨落在了草窝窝里，平躺下，不疼，却动弹不得。淑兰姨想，瞎了，从崖上头跌到崖底下，今黑怎么回家呀，得喊人。张嘴喊，嗓子像被什么卡住了，喊不出。一个人说，天黑，肉身放在这儿不太平。另一个人说，让剪花娘子喊人，肉身放在她炕上。淑兰姨听到这儿，张嘴再喊，怪了，喊叫出声了。不一时儿，来了人，把她抱起。淑兰姨嘀咕，我是剪花娘子？觉着自己离了那人的怀抱，又飘起了，腾空了。你不是剪花娘子谁是？猛听见威威一声喝问，抬头，眼前一丈高个人，骑在个大白狮子上，右手高高举一把宝剑，左手捧一本书，直定定瞅淑兰姨。这人身样庄严，面庞慈祥，头上缠挽了五个髻髻儿。妈呀，观音菩萨呀，身上的彩色绸缎衣裳哗啦啦飘呢，身上、身子周围长满了花，莲花、牡丹花、芍药花、海棠花、石榴花、菊花、兰花、水仙花、梅花、桃花……什么花都有，什么颜色都有，花骨朵比老碗都大，嫩得很，鲜得很！白狮子也不凡，踏在白云朵上，绿鬃毛飘得老长老长。淑兰姨低头瞅自己脚下，哎呀，踏在一朵白云上。淑兰姨跪下了，一边磕头一边说，观音菩萨保佑，观音菩萨保佑，我是旬邑县富村的库淑兰……剪花娘子啊剪花娘子，你真是在人间过糊涂了，忘了自己的身份不说，连观音菩萨跟文殊菩萨都分不清了，往我跟前来。淑兰姨跪爬到菩萨跟前。文殊菩萨说，剪花娘子，吃我一剑，斩断你的烦恼，长一长你的记性和智慧，回到人间好好剪纸去吧！淑兰姨觉着眼前似闪电一样，扫过一道冷光，心里惊，不由得闭了眼。再睁开眼，什么都没有了，只有漫天的星星。身子往下坠，耳朵眼儿灌满了风。

我不信！

为什么不信？

这是淑兰姨说梦话呢。

哥，淑兰姨怎么会做这么真的梦？还记得准准的，不是梦话！

别人不会做这样的梦，淑兰姨会。就跟她能想出彩贴剪纸一样，就跟她能唱那么长的古经一样，别人不会。

哪能一个梦做七七四十九天啊！

是啊，淑兰姨怎么昏迷不醒了四十九天？

哥，你知道淑兰姨怎么说的？

怎么说的？

天上一天，人世一年。她在天上只停了一会会儿，一睁眼就是人间七七四十九天。

四十九天没吃没喝？

没有。

四十九天没屙没尿？

没有。

你亲眼见了？

照你给我说的，我天天去看淑兰姨。去了停一阵儿，看着她。淑兰姨醒来时候，是个大清早，我刚进门时间不长。她叫我名字，吓我一大跳。我赶紧拥到她跟前。她眼睛扑闪了几下，问我，这是什么时候了？我说，淑兰姨，你跌下悬崖一个多月了。宝印叔也拥了来，说，四十九天了。淑兰姨瞅了一眼宝印叔，说，四十九天了，怎么不觉着饿？就是渴。我说，淑兰姨，我给你倒水去。淑兰姨坐了起来，说，我不是你淑兰姨，我是剪花娘子。我又吓了一大跳，心想，淑兰姨的脑子跌出麻达了。喝完一碗水，淑兰姨开口讲她为什么是剪花娘子。听得我心里颤个不停，瞅宝印叔。宝印叔站在炕边，瓷愣愣的，呆了。讲完，淑兰姨上茅房尿了一回。尿回来就给我要纸，说要铰剪花娘子。我没敢立时答应，瞅宝印叔。宝印叔把头撤向一旁，不言声。

淑兰姨瞪我，你这瓜女子哟，文殊菩萨叫我剪花娘子铰花哩，谁敢再拦挡？你是我的大童女，快给我把纸取了来。

给了纸，我说，淑兰姨，我去县里给我哥说一声你醒了。

不准说!

为什么?

你哥是我的大童子，到时候了他自然就来拜我，用不着你去说。你听我剪花娘子的话，不准说，说了招祸哩;你哪儿也别去，就守着我剪花娘子，看我剪花娘子怎样铰剪花娘子……

我妹子说她信库淑兰成神了，这个神叫剪花娘子。

全富村人都跟她一样，信!

我还是不信。

跟我妹子说这些话，当然是出了库淑兰窑洞，我兄妹单独说话时候。

在窑洞里，我问库淑兰，姨，你成的是什么神?

剪花娘子啊，你瞅，剪子在这儿藏着呢! 库淑兰给我指《剪花娘子》中的剪子。

我怎么没听过这个神?

你没听过的神多着呢。大童子，你不信? 跟我到天上去看一回。

我怎么跟你去？

你是我的大童子，我跟文殊菩萨求一求，看他怎样张罗。

一旁的几个妇女，年纪都不小了，一个个都对了我，模样虔诚，双手合十作揖，大童子保佑，大童子保佑！

我身上起鸡皮疙瘩，浑身不自在。

我妹子说，富村人都来拜了，这是邻村来拜的，淑兰姨唤我来帮忙招呼客。

这是库淑兰剪出的第一幅《剪花娘子》，贴在窑洞里，没取下过；也没法取，糨糊粘的，一取就毁了。以后，库淑兰剪了那么多的《剪花娘子》，没有一幅跟这个一样的。刚不是说了么，对自己中意的题材，库淑兰不是剪一次就撂过手，而是反复地剪。反复，不是重复，每次都不一样啊。

这幅《剪花娘子》两边，又剪了繁密的花草，花团锦簇，库淑兰指指点点说，大童子，这都是文殊菩萨跟前的花样子，就我剪花娘子会铰，旁人铰不了，你看，这是牡丹花，这是莲花，这是海棠花，这是兰花，这是水仙花，这是梅花……窗户上的两个武将是文殊菩萨差遣的，一路护佑我上天，又一路护佑我回来。

你两个可以想见，满窑彩贴剪纸画，库淑兰破旧的窑洞旧貌换新颜，很有些莫高窟的景象了。去年，库淑兰一百周年诞辰，全国各地爱她剪纸的人都来旬邑纪念。我特别想这一幅，寻着了照片，请何爱叶、孙会娥几个复制，按照当时的尺寸。尺寸我当年特意量了，宽八十九厘米，高一米二九。这么大尺幅的剪纸作品，我第一次见到。

如果说我有点相信库淑兰成神的话，那就是因为这一幅《剪花娘子》。

何爱叶、孙会娥几个的手艺都是顶尖的，虽然敬心费心地复制，但实话实说，跟库淑兰亲手剪下的比，差好一截子呢。差在哪儿？说不清。何爱叶自己说，差库大师那一股子神气、仙气。或许吧。

如果说我完全承认库淑兰成神的话，那是三年之后，她剪出了宽一米七六、高四米的中堂立轴。

一九八八年五月，"旬邑民间剪纸展览"在中国美术馆成功举办，在国内艺术界引起强烈反响。中国美术博物馆收藏旬邑民间剪纸作品一百九十六幅，其中大多数是库淑兰的作品。中央美术学院民间美术系收藏库淑兰剪纸窑洞模型一套。张仃老师题签了展览宣传册。八月，在北京召开的中国民间剪纸第二届代表大会上，库淑兰当选为理事。会上决定，来年在旬邑县召开"旬邑杯——中国民间剪纸理论研讨会"。

你两个说，前头挂"中国"二字的事情会是小事情吗？

这个会一下子成了旬邑县大事中的大事，上上下下忙活开了。我的任务是布置旬邑民间剪纸展览大厅，供与会的全国各地嘉宾和县上干部群众参观学习。说是大厅，其实不大，比一间教室大些，比两间教室小些，县图书馆的阅览室。不是现在这个新地方，是老地方，一层的平房，有些寒碜。那时候，县文化馆、图书馆、博物馆三家是一家，没分开。

领导说，一眼就要把与会嘉宾钉在旬邑剪纸上，跟吹唢呐一样，一声就把人的心魂勾住，让他们顾不得在意咱地方的寒碜。

怎么一眼就能把与会嘉宾钉在旬邑剪纸上？

领导说，大！

多大？

可着地方大，上够着屋顶，下挨着地面。

拉尺子，四米啊！剪纸怎么会这么大？不可能！

咱有库淑兰哩，怎么不可能？

我给乡文化站打了电话，让他们代表县文化馆请老人家来一趟，就说我有剪纸的事情请她。之前，有事情都是我骑自行车去富村，亲口说给老人家。不说那一阵儿事忙的话，主要是一不能用自行车驮老人家来看大厅，她连坐自行车都晕呀；二不能骑自行车把大厅驮了去。前些天，我下台阶走得急，踩空了，崴了脚，行动不便。话是这么说，电话打了之后，我心里还是微微忐忑，怕老人家觉着我在她跟前"拿"。对，拿大。

第二天一早，我架拐一磕一点走到单位门口，见宝印叔拉架子车出来，连忙招呼，宝印叔，这么早！宝印叔瞥一眼我，模样虽然不热乎，但也不那么冷了，说，人给你送来了。再不多话，脚步不停，急乎乎走了。进了院子，我望见男男女女围了库淑兰，人堆里一声接一声发出哄笑。不用说，准是给同事们唱古经、说笑话呢。这时候的库淑兰，已经是明星了。

看见我，老人家远远喊一声，小脚抢得飞快，飞到我跟前，哎哟，同志咯，你这是把谁惹下了，遭了这么一难？难怪姨这几天右眼皮一个劲儿跳。要紧不？

老人家蹲下看我的脚，一声一声说心疼。

到了阅览室，我定平脸，姨，你给咱县上把事情招来了，麻达大。

什么麻达大？我给县上招来什么事情了，为群儿，好好说话，别吓姨。

上到县委书记，下到传达室看门老汉，都为你的事情忙活呢。

为我的什么事情忙活？

为你铰花啊。

铰花是我忙活，书记、看门老汉忙活什么？

全国各地剪纸最能行的人都不服气你，要来咱旬邑看一看，比一比。

铰花，又不是打仗，不服气怎么？服气了又怎么？各铰各的，来旬邑做什么？为群儿，耳朵到姨跟前来，姨小声给你说，文殊菩萨说剪花娘子是姨，没说是旁人，谁不服？

好我的姨，文殊菩萨说给了你，没开大会说给天底下所有人啊。

文殊菩萨没开大会？为群儿，文殊菩萨也跟官家一样开会？

应该开，但我估计没开，要不然全国各地剪纸最能行的人怎么会不服气？对了，姨啊，兴许这次大会就是文殊菩萨暗中张罗的，让全国各地剪纸最能行的人来旬邑，认一认剪花娘子，就在这儿！

在这儿？什么大会？

姨，这儿是县上为全国各地剪纸最能行的人准备的展览厅，相当于客厅，让他们来看你的剪纸。大会名字叫"旬

邑杯 —— 中国民间剪纸理论研讨会"。

哎哟，同志咯，你学瞎了，瞎透了，把姨吓得心突突，真以为我给县上惹下麻达了。

姨，我没说你给县上惹下麻达呀，我说你给县上招来了事情，事情大，办好麻达大。

为群儿，姨跟你不磨牙了，快说，叫我剪花娘子做什么？

铰一幅大花，一眼就把全国各地剪纸最能行的人镇住，别说眼，别说心，就连握剪子的手指头，也一根一根服气。姨啊，只有剪花娘子能铰出这样的花，谁还能？

姨知道你想做什么了。为群儿，你刚说这儿相当于客厅？

是的，县上为全国各地剪纸最能行的人准备的客厅。

噢，也就是相当于唐家的大开间，待客的地方。

是，是，是。

正中在哪儿？

在这儿。

为群儿，那就在这儿铰一幅中堂，上顶天，下接地，客来了一眼就看着，看一眼，眼窝就拔不出来。

好啊，姨，就让他们的眼窝拔不出来。

为群儿，铰什么？

姨，我哪有这个本事呀，你是剪花娘子，你想铰什么就铰什么。

什么时间开始铰？

姨，由你。

那就明儿早起开始，为群儿，你准备好纸。

注意到"同志咯"了没有？关中话"童子"跟"同志"发音差不多。在库淑兰家里，她叫我"童子"；在公家场合，她叫我"同志"。你两个说，老婆子灵不灵？

之后的四十五天，就像一部大型电视连续剧上演，每天一集，准时开幕，准时落幕。开幕时间是早上五点半，落幕时间是晚上十点半，一集十七个小时。太长了？给你两个说，虽然一集这么长，但我丝毫不觉得，要不是怕老婆子身子招架不住，还嫌短哩。

这么大的幅面，不思考思考、规划规划、设计设计，说开始就开始了？

我委婉地表达了这个意思。库淑兰噘嘴，刚刚姨问你铰什么？你说："你是剪花娘子，你想铰什么就铰什么。"姨问你什么时间开始铰？你说："由你。"同志咯，说话算数不算数？

算数！

算数就别管我什么时候开始铰，明给你说，要不是得回去取铺盖，今儿就开始铰。

姨，不用你亲自跑，我安排人去取。

姨那些陈芝麻烂套子，惹人嫌呢。你不是让姨思量思量么，姨听你同志咯的话，刚好在走回去的路上思量思量。搬个梯子来，先让姨量一量高低宽窄。

不用，量过了，我说给你。

哎哟，我的同志咯，你做活还是我做活？你量不是我量啊。

库淑兰用什么量？你两个猜一猜。金平猜对了，一拃两拃三拃。为什么一下子就猜对了？噢，你小时候玩雕木头就这样量尺寸呀。

梯子搭上，问题来了，站在梯子上老婆子够不着墙。怎么办？

库淑兰看我一眼，为群，给姨上下取个中。定了中，老婆子一拃一拃量下头的两米，够不着的，我抱她上桌子。

宽窄好量，横着一拃一拃卡就是。

量完，老婆子拍一拍手，为群，地扫净，铺两张大席。我这就回呀，明儿早早儿来。

早早儿，也不至于那么早啊。第二天一早，我被敲门声叫醒，传达室老汉唤，为群，库淑兰寻你呢。拉开灯看表，才五点半啊。赶紧穿了衣裳，到门口，天蒙蒙亮，我看见库淑兰坐在架子车上，宝印叔蹲在旁边，抽旱烟呢。看见我，库淑兰走下架子车，宝印叔提包袱，放在老伴儿脚下，不跟我招呼，拉上车子就走。

姨，怎么来得这么早？

剪花娘子不停点儿地催呢，库淑兰睡不下，早早儿来早早儿铰。

跟看电视连续剧一样，一开始，云里雾里，看不出一点眉眼。随着剧情深入，眉眼一点点显出来。作为忠实的观众，我只认真观看，不插一言。作为唯一的主角，库淑兰手握大剪子，面对四米立轴，成竹在胸，剪、裁、贴毫不拖泥带水，犹如公孙大娘舞剑器，天地为之久低昂；大白纸上，金黄的太阳出现了，放射出万道光芒，一个被金黄麦穗簇拥的男人站立太阳中央；月亮出现了，蓝色的圆月亮里套黄色的扁月亮，扁月亮里长出一株翠绿的小树来；月亮和太阳之间，卷曲的深青色云朵在飞翔，彩色的蝙蝠在飞翔，彩色的鸳鸯在戏耍；三角形的屋顶出现了，剪花娘子的庙宇出现了，花枝缠绕，五彩凤凰游戏其间；剪花娘子出现了，圆圆的脸庞，大大的眼睛，小巧的鼻子，头戴花冠，身穿锦袄……库淑兰巧妙地用五分之三的尺幅展示庙堂和剪花娘子，用五分之一表现童子童女和摆设供品的香案，用五分之一表现乡村"大姐娃"的形象。三大部分之间通过小方格过渡，内容是"寿"字和三果花的仙桃、石榴、佛手纹样。最上端用民间顶棚常用的角花封顶，与屋顶相呼应，形成的空间代表天空，有太阳、月亮……中央美术学院民间美术系主任杨先让教授赞叹，头戴凤冠，身着霞帔，雍容端庄、富丽华贵的艺术女神，端坐莲花宝座之上，充满着自信与张力，展示着一种母仪天下的壮美、大美。

立轴画成了，两边的对联呢？库淑兰唱了起来：

> 正月里冰冻立春消，
>
> 二月里鱼儿水上漂，
>
> 三月里桃花红似火，
>
> 四月里杨柳罩青垄，
>
> 五月里仙桃你先尝，
>
> 六月里梅子满硷黄，
>
> 七月里葡萄搭起架，
>
> 八月里西瓜剜月牙，
>
> 九月里荞麦成起垄，
>
> 十月里雪花到关陇，
>
> 十一月里柿子满街红，
>
> 腊月里年货摆出城。
>
> 挣下银钱是买卖，

挣不下银钱你回来。

这是上联。下联呢？库淑兰对我笑，同志咯，有十二月花，怎会没有十二月人？十二月花、十二月人，一左一右，保佑剪花娘子太平一年年，年年享太平，年年铰好花。

十二月花和十二月人都用天蓝的倭角长方形框了，华贵精美，每一造型和情节，都带有库淑兰独特的创意和展现，令人过目不忘。

每天早上五点半走进阅览室，库淑兰做的第一件事，是把一枚落叶放在墙角，文化馆院子银杏树的。那是九月初时候，银杏叶渐渐变黄。然后呢，盘腿坐席子正中，闭眼，入定一般。

第一回，我看她这样，轻手轻脚往外走。她的声音从身后传来，大童子，生地方，你怎么让剪花娘子一个人孤孤单单？别走，定稳坐在姨跟前。

我回来坐下，她又闭了眼，入定一般。到六点半，睁开眼，说一声，就这样；随即握住剪子，一气剪到九点半；灶夫送来饭，这才歇手；喝一小碗稀饭，夹一点咸菜，吃一个馍，吃完，上一趟茅房，回来又握住剪子，一气剪到后晌三点；灶夫送来第二顿饭，或是面条，或是饸饹，或是煎饼，吃过，躺席上睡；睡到五点，起来，上一趟茅房，回来，握住剪子，一气剪到黑间十点，放下剪子，站起来，把一天剪过、贴过的细细看一遍；到十点半，对我说，为群儿，今儿就这了，咱歇。

领导专门给库淑兰腾出一间宿舍，就在旁边。灶夫也是领导千叮咛万嘱咐过的，见不得一丁点儿荤，单给库淑兰做。要说我的贡献，那就是说服了库淑兰，给她配了两个打下手的。这两个人手脚勤、有眼色、技术好，库淑兰怎样说，她们怎样干，绝不参言。之前，库淑兰一个人剪，一个人贴，不准旁人插手。我说，姨，打下手的给你整理纸，帮你拾掇边边角角⋯⋯

毛手毛脚，给我弄乱了。

来的人不毛手毛脚，听你的。

怕爱说话，乱我脑子。

来的人不说话。

怕受不下我一天这么长时间。

来两个人，轮换。

那就试一试。

巨幅挂起，馆长镇住了，局长镇住了，县长、书记镇住了⋯⋯消息走得快，消息灵通的人，都拥来看。库淑兰要回家。回家时候得把工钱给她老人家啊。

不该是难题的难题是，给多少？

按照学习班学员的补贴算，一天一块五毛钱，虽然比以前增加了近一倍，但还是太少；按照专家教授讲课的标准算，库淑兰是农民，不是专家教授，违反政策；按照作品的价值算，谁来定价？

领导不停点儿地咂嘴，把老婆子亏了，把老婆子亏了，问我，满共多少天？

我记不得了，跑去问库淑兰。

她说，数银杏叶去。数了，四十五枚。

商量来商量去，按照学员补贴标准算，一天顶两天，天天加班啊，再把往返时间算上、坐车钱算上，加五天。领导和我心上还过不去，又花了几十元钱，给老人家买了些营养品。

我把钱给库淑兰，她不数，就往怀里揣。

我说了钱数。她一脸惊讶，扑闪大眼睛，问，怎么这么多？

见我又给一大袋子东西，凑到我耳朵跟前，悄声说，一窝窝人就是一窝窝人，大童子就是大童子，事情上向着姨呢。

我心里酸，接不上话。

身上装这么多钱，库淑兰不敢一个人往回走。领导雇了一辆农用三轮车，到富村把宝印叔和架子车拉了来……

你两个止住眼泪，别难过。

回到库淑兰成神那一天。我懵懵懂懂从窑洞里出来，第一个想的就是给程征和王宁宇报告。走到水井边，准备推车子，库淑兰喊，大童子，回来，回来。

　　我跑过去，姨，怎么了？

　　记着给剪花娘子送纸来，眼看着没纸铰花了。

　　姨，放心，明儿一早就给你送来。

　　打过电话，程征和王宁宇第三天就赶到了旬邑。

　　萧老先生？忘了给你两个说了，唉，没听着"梅香"唱《江娃拉马梅香骑》。库淑兰成神后几天，他下洞摔了一跤，摔得重，再没起来。我去吊丧了，送老先生最后一程，告诉他"梅香"成神了。

第 十 三 章

剪花娘子把言传，爬沟遛渠在外边，没有庙院实难堪。热哩来了树梢钻，冷哩来了晒暖暖。进了库淑兰家里边，清清闲闲真好看，好似庙院真花繁。叫来童子把花剪，把你名誉往外传。人家剪的是琴棋书画、八宝如意，我剪花娘子铰的是红纸绿圈圈。

程征和王宁宇的到来，决定了两件大事，一件关于我，一件关于旬邑彩贴剪纸。

关于我。程征问，为群，你觉得提奥的付出值得吗？

提奥是谁，他付出什么了？

写凡·高的书你没看？

噢，你上次说的那个啊，哪有时间？你知道啊，我的心思都在库淑兰身上。

那我讲给你吧，今天看了《剪花娘子》，觉得更有必要讲给你。

提奥·凡·高，文森特·凡·高，凡·高是姓，提奥、文森特是名字，他们是亲兄弟，文森特为老大，就是著名的凡·高，提奥是老三。文森特三十七年的生命里，创作了八百六十四张油画，一千零三十七张素描，一百五十张水彩画，可以说，他的全部生涯都投入艺术。他靠什么维持生命？提奥！提奥是文森特一生中最大的也是最坚定的支持者与崇拜者。不管是经济上还是精神上，提奥都给予了文森特巨大的支持；没有提奥，文森特难以坚持创作。可以说，提奥不仅是文森特的至亲，更是他的知音和支柱，甚至有人说提奥是文森特的另一个自己。还可以这样说，文森特每一幅作品的诞生，都不是他一个人完成的，而是兄弟二人共同的心血。也就是说，凡·高艺术创作的成功和荣誉不是属于他一个人，应是他们兄弟二人。

老程，库淑兰可以与凡·高相比吗？

没有看到《剪花娘子》之前，不敢确定；今天看到《剪花娘子》，我认为完全可以。

老程，我明白你的意思了。

为群，我知道你也在搞创作……

老程，你不用说了。说实话，没有遇见库淑兰之前，我不知道自己几斤几两；遇见库淑兰之后，特别是她自称剪花娘子之后，我越来越知道了自己几斤几两——再使劲地画，无非多浪费纸，成为一个所谓的画家——这样的画家，一抓一大把；而库淑兰不一样，她是天才的人，她的彩贴剪纸是天才的艺术品——除了她，没有人再创造出这样的精彩绝伦。谢谢你给我讲文森特和提奥的故事，我知道自己今后该怎么做。

程征紧紧握住我的手。

你两个可能不相信，这一握之后，我再也没有拿起过画笔。可惜了？不可惜！

关于旬邑彩贴剪纸，王宁宇说，请馆里再办剪纸学习班，把会议室中间的大案子腾利落，让库淑兰老太太坐到正当中，拿成卷能买到的各种颜色纸，让她放开剪，她想整多大就整多大！年纪比库淑兰大的学员，不勉强；比库淑兰小的，特别是"红剪刀"的所有人，都必须停下自己手中的活儿，一伙儿尊库淑兰为师，听库淑兰指挥，怎个剪，怎个贴，都照老婆子的意思办。既然叫旬邑彩贴剪纸，就不该是库淑兰一个人，要有一批人、一批批人从库淑兰这棵大树汲取营养，发出新苗，把彩贴剪纸这朵奇葩在旬邑开得万紫千红，美艳中国。

王宁宇这一番话后，学习班一直办到了现在，三十六年了。库淑兰健在时候，坐在教室正当中；不在以后，《剪花娘子》挂在黑板正中。我退下来之前，一直当班主任。退下来之后，年轻的同事顶了上来。

三个女人一台戏。库淑兰成了学习班三十多个女人的主角，一下子跟第一次参加学习班不一样了，跟学员们的关系处得都好，一花一叶，毫无保留地教授。年纪大些的，都称她老姐。她说唱：

拙木梳，

> 巧篦子，
>
> 她姐不如她妹子。

年龄小的都叫她姨。她说唱：

> 大麦面，
>
> 打搅团，
>
> 为姨不如为老汉。

有库淑兰在，班里欢声笑语不断。每天剪纸结束，库淑兰用蛇皮袋子把废纸屑收起来。到学习班结束，竟鼓鼓囊囊积成两大袋子。她要背回家。学员们都问她，要这些废纸干什么？

她很在意地拍拍蛇皮袋子，对不住，我一满拿回家，剪红点点绿圈圈，剪蓝道道黄条条，咱这一大窝窝人，就我占了大便宜，你们都别怨我哟。

学员们的思想怎么转变了？

《剪花娘子》往黑板上一挂，我说，谁能超过这个，大家都跟她学；超不过，把嘴抿紧，都跟库老师学。

伟大的艺术品自有力量，不言不传，攻占人心，扎根人心，撵都撵不走。年老的，年轻的，个个都不吭声，打心里头服了。从对库老师的眼神、言语，我看得清清的。

在班里，库淑兰没说过自己是剪花娘子。何爱叶问，姨，听人说你成神了，是剪花娘子，是不是？

库淑兰仰脖大笑，是，我是，你也是，咱铰花的女人都是。

库淑兰手把手教，一个个勤勤恳恳学，何爱叶、孙会娥、文崇霄、连芳霞、张彩琴、周喜莲、张枣娃、胡金庄、魏伊平、第五筱霞等等，都成了旬邑彩贴剪纸的高手，有的是省级传人，有的是市级传人，常出旬邑交流表演，人家都把她们唤"剪花娘子"呢。何爱叶？她脑子活，思想转变最快，形势变了，上头要的就是库淑兰的"胡闹型"呀。当然了，更重要的，作为一个剪纸妇女，她真正被《剪花娘子》的独特艺术表现震撼了。剪纸的农村妇女谁不想成为"剪花娘子"？

那天在富村，见程征和王宁宇进来，库淑兰一眼就认出了，唱了起来：

　　剪花娘子给你同志讲了言，
　　同志来到我的家里边，
　　库淑兰心上自在得好比鸡毛翎子扫胸前。
　　一朵莲花一棵根，
　　同志到了我的家里边，
　　比我的娘家人亲呀鞭。

你两个注意到没有，"童子"换成了"同志"。凡是民间人士来访，库淑兰的欢迎唱词一律是"童子版"；凡是公家人登门，一律是"同志版"。

王宁宇说，库老师，听说你从崖上跌落，我们来看看你……

好我的同志略，我不是从崖上跌落，是去见文殊菩萨了，文殊菩萨说我是剪花娘子……

不等王宁宇说完，库淑兰讲开了。跟我妹子讲给我的一样，老婆子绘声绘色讲她成神的经过。讲得兴奋，舞蹈起来，唱：

剪花娘子把言传，

爬沟遛渠在外边，

没有庙院实难堪。

热哩来了树梢钻，

冷哩来了晒暖暖。

进了库淑兰家里边，

清清闲闲真好看，

好似庙院真花繁。

叫来童子把花剪，

把你名誉往外传。

人家剪的是琴棋书画、八宝如意，

我剪花娘子铰的是红纸绿圈圈。

这就是著名的《剪花娘子歌》，库淑兰第一回唱出来。

我们都听得目瞪口呆，忘记了鼓掌。

唱完，库淑兰指着墙上绚丽夺目的《剪花娘子》，你两个看，这就是剪花娘子，剪花娘子就是我呀！

程征和王宁宇看得出神，看了半晌，程征说，剪花娘子，我们两个，包括为群，我们三个，都是学画画儿的，请教你，你色彩搭配得这么好看，原则是什么？

同志咯，原则，原则是什么？

原则是，是，就是搭配色彩时候你是怎么想的？

不想，怎么好看就怎么配。

怎么配就好看呢？

放在一起亮的就是上色子，放在一起暗的就是下色子。上色子好看，下色子不好看。

什么是上色子、下色子？说起来容易，做起来难啊。跟任何感觉难以表达一样，库淑兰虽然色彩感觉非凡，但难以言说出来。我们看到的是，数以千计的库淑兰彩贴剪纸作品，几乎找不到色彩搭配不合理、不舒服的现象，更多的是"艳而不俗"的大雅；更多的是在配色上的精美绝伦，教科书级别的；更多的是对我们平常色彩运用的颠覆，出人意料又在情理之中。

程征感叹，色彩大师，神啊，真是成神了。

王宁宇说，人家剪的是琴棋书画、八宝如意，我剪花娘子铰的是红纸绿圈圈。这是库淑兰艺术追求的宣言！敢于自夸为"剪花娘子"，这是对自身人生地位转折变化的宣言！跟户县农民画比，跟陕北剪纸比，库淑兰冒出来得晚。内行人都知道，越晚出的作者，越难以超越前人创造的艺术境界，看见《剪花娘子》，我觉得库淑兰毫无悬念地做到了，真是成神了！

王宁宇和程征商量了一下，对我说，既然库淑兰活得好好的，总结和告慰的展览就不必了。老文，让老婆子放开了剪，让学员跟着使劲儿地学，办展，咱就办个高规格的，给你一年时间，一炮把旬邑彩贴剪纸打响，不是在省上，是在全国！

晚上喝酒，吃辣汤饸饹，说的全是库淑兰成神的话。

王宁宇说，所谓的神，都是人做的，聚精会神，在某一方面达到至高境界的人物，都是神。就像这酒，仪狄和杜康发明的，成为酒神；画画儿的，吴道子是画神；作诗，李白是诗仙，杜甫是诗圣，都是神。

程征说，一个素色剪纸作为造型框架，一个刺绣花样的绚丽色彩构成，这是世代传承在民间的千岁文化巨人。库淑兰个人出众的才华，是站在这个民间艺术形态的巨人肩膀之上而得以显现的；因为有了巨人的伟岸，才有了库淑兰的崇高。水之积也不厚，则其负大舟也无力 —— 这是庄子的话 —— 库淑兰是游弋在深厚的民间艺术海洋上的大舟，是从旬邑民间文化厚土里土生土长的女儿，绝不是从天上掉下来的神婆子。

他们两个说得都有道理。我不理解的是，为什么不是别人，而偏偏是没受过教育、生活异常艰难困苦的库淑兰？

三年多之后，我认识了杨阳。她告诉我，库淑兰这样的情况不是孤例，世界上别的地方也有，她称之为"库淑兰现象"。

第十四章

『库淑兰现象』是一种在物质生活与精神生活极度不对称的环境下，人对精神生活的追求而产生的一种现象。这种现象并不孤立，其产生要有一定的条件与机遇。人的才智、明慧、技艺是基本条件，热爱、痴迷是精神转换，自我定位、艺术归属是使命感，最终达到人生最高精神境界。

台湾有一个名叫洪通的人，跟库淑兰同一年出生，目不识丁，性情敦厚，纯朴却又非常固执，靠打鱼为生。五十岁生日当天，洪通突然对绘画产生了极大的兴趣，跪在妻子面前，恳求答应他余生投入绘画。妻子答应了，一人挑起了全家生活的担子。从此，洪通再也不理凡间事，把自己锁在昏暗的房间里拼命作画。左邻右舍觉得他疯了，是在鬼画符。洪通的画面笔触浓密，纹理纤细、狂放、原始、神幻、诡异，用自己创造的符号式的形与线、色彩与文字画，传递内心冥想的"天上事"，一度震撼了台湾艺术界。他说，天上的人每天跟我说话，告诉我天上的事，我画的就是天上的事。

　　美国有一位家喻户晓的百岁老祖母摩西。她年轻时在农场为人干活，结婚后生儿育女。一次偶然的机会，儿媳妇在一件橱柜将要涂刷油漆时说，最好在上面作一幅画。摩西老祖母就有了试一试的想法。从此，她一画而起，一幅幅表现自己童年农村风情和生活场景的画面出现了。这些画作，以春夏秋冬为背景，衬着节日气氛的人物、车马、房屋等物象，活灵活现地跃然纸上，充满了温馨而稚拙的情调。又一个偶然，上世纪四十年代，她被一位纽约来客发现并收购了其画作。之后，摩西老祖母的作品被展览被收藏，被宣传被出版，著名诗人为每幅画配诗。摩西老祖母的画作不仅成为艺术品，也成为美国民俗历史图画而留给了后人。

墨西哥有一个女孩，名字叫弗里达·卡罗，十八岁那年，一场意外的车祸使她多处骨折，最可怕的是一根铁条从腹部刺入她的体内，几乎刺穿了她的身体。此后，弗里达虽然奇迹般地逃离死亡，但没有逃脱病床和病痛的长久折磨。她一生至少经历了三十二次大小手术。她有整整一年躺在床上一动不能动，穿着由皮革、石膏和钢丝做成的支撑脊椎的胸衣。在这样的境况下，她开启了画家之路。她说，因为我需要这样做，我画所有出现在我脑海中的东西，不加任何考虑。父亲为她买了笔和纸，母亲在她的床头安了一面镜子，透过镜子她开始画自画像。弗里达·卡罗一生创作了一百四十三幅作品，其中五十五幅是自画像。她的画作把身体、欲望、挣扎、焦虑、痛苦、死亡，以及逃逸展现得淋漓尽致，大胆，惊悚，诡异。

还有许多不为世人所知的人，通过画笔或其他艺术媒介，在自己的精神世界里翱翔，创作出无数令专业艺术工作者赞誉的佳作。他们不以名利为创作动力，而是尽情享受着独立自由的精神满足。人们无法将这些艺术家准确地归纳为哪一种类别和流派，他们是民间的、非专业的、独特的；他们远离功利，超然世俗，其作品是纯粹的艺术，是表达心灵的语言。

这些，都是杨阳说给我的。

杨阳说，"库淑兰现象"是一种在物质生活与精神生活极度不对称的环境下，人对精神生活的追求而产生的一种现象。这种现象并不孤立，其产生要有一定的条件与机遇。人的才智、明慧、技艺是基本条件，热爱、痴迷是精神转换，自我定位、艺术归属是使命感，最终达到人生最高精神境界。现实生活与精神生活可以脱离为两个空间，人们可以超越现实生活，成为活在精神世界中的富有者。剪花娘子是库淑兰宣泄一生的信仰与追求创造的一位人神合一、物我互化的精神偶像。库淑兰是剪花娘子。剪花娘子是库淑兰。也就是说，现实空间是库淑兰，精神空间是剪花娘子。库淑兰超越了贫穷苦难的现实空间，进入了富有的多彩的精神空间。

我问，精神空间可以理解为神境吗？

杨阳点点头。

我接着问，为什么偏偏是库淑兰？

杨阳笑了，这个问题你得去问神。我不是神。

她的意思是让我问库淑兰。我的理解是，她承认库淑兰成神了。

为什么偏偏是库淑兰？这个问题只有神能回答啊。

吕胜中却不这样认为。

吕胜中说，因为文为群的鼓励和"收购"，库淑兰突然觉得，自己生而为人的重要价值不是给丈夫做饭，不是干农活，不是挖药拾柴，而是创造艺术品。于是，她全身心投入，废寝忘食。但她的丈夫不这样理解啊。于是，家庭矛盾遽然上升，进入激化状态。在这样的情况下，库淑兰要给自己不做饭、不干农活、不挖药拾柴、专心于艺术品创作找到一个理由，谁也无法阻挡的理由。

库淑兰是何等聪明的人啊，她很快就找到了。

陈胜吴广为发动起义，使用了问卜、念鬼、鱼腹藏书、篝火狐鸣的办法，让戍卒相信了"大楚兴，陈胜王"。

刘邦斩蛇起义，斩蛇的事情或许有，但赤帝之子斩白帝之子就是别有用心的演绎了。刘邦真是赤帝之子吗？没有谁说得清，但没有人不信。

洪秀全宣称自己是上帝的次子，耶稣的弟弟。耶稣没有儿子，洪秀全对此不能理解。不孝有三，无后为大啊。耶稣岂可不孝？于是，身为耶稣弟弟的洪秀全将自己的儿子"过继"给了大哥耶稣。谁还不信洪秀全是上帝的次子？

谎言足够大，人们不会选择质疑，而往往会选择相信和盲从。

撇过这些大家伙，类似《聊斋志异》里的小人物，神附其身、鬼附其身的故事，乡村何其多也。库淑兰是橛子，怎么会不知道这些？于是，文殊菩萨派来的剪花娘子便附在了库淑兰身上。于是，库淑兰的剪纸，不是库淑兰私人的事情了，是天上的神交给她的任务，谁胆敢拦挡？于是，她就放开手脚做天命的事情，越做越铺张，以至于把家里那个窑洞铺天盖地贴满了彩色剪纸。主要题材是天上的神——剪花娘子，也就是她自己。于是，那个窑洞也就变成了神的洞窟，剪花娘子端坐其中，手拿剪刀，旁边站立侍者，周围有枝繁叶茂的花树，天上有飞鸟、蝴蝶、蝙蝠和日月星辰……

吕胜中是库淑兰唯一称作"剪花相公"的人。那时候，无论外国来的、北京来的、外省来的，还是西安来的、咸阳来的……爱剪纸的人到了库淑兰家里，都拜倒在剪花娘子神界下，库淑兰都认为他们是她的童子童女。吕胜中应日本 NHK 电视台之邀做一个纪录片，到了库淑兰家里，提出合作一幅作品，主题是互剪肖像。这是吕胜中第三次到来。前两次，他没有显露自己剪纸的手艺。开始，库淑兰没把吕胜中放在眼里，剪得随意，有应付的意思。给我悄声说，一个北京男娃娃，怎么会剪纸哟。

剪到快完，库淑兰看了一眼吕胜中剪的，叫喊，这个北京娃娃剪得好啊，立马来了精神，又加工润饰一番，给吕胜中的肖像加上独特的花纹，又给手上添了一把剪子，唱：

> 剪花相公北京来，
>
> 铰开花来手真快，
>
> 剪花娘子心里喜，
>
> 沟底下菊花一朵朵开。

成神以后，库淑兰剪纸时候必定要唱的，有些听不清，能听得清的我都记下了。剪成了，站起来，边舞边唱。唱词一定是关于刚刚剪贴成功的作品。

吕胜中问，剪花娘子，相公是什么意思？

库淑兰答，老戏里头进京赶考的念书人就叫相公呀。你是北京来的念书人，不是相公是什么？

陪到这儿，我离开了。

后来，吕胜中告诉我，他们俩做了互动性的"再见女巫"活动。他称病——确实熬了几夜，身体不好。库淑兰以橛子的身份，边舞边唱，为他招魂。可惜的是，库淑兰用方言唱的歌谣，他一句都没有听懂。虽然没听懂，但在这样一种亲密与隔阂的近距离矛盾中，他们完成了一次别样的传统与当代的呼应。再后来，库淑兰感觉累，睡去了。吕胜中趁这个时间，带领他的学生们，用他创造的艺术符号——小红人，为库淑兰布置了一个招魂堂。小红人巴掌大小，两臂微张，椭圆形的脑袋两侧各有个小抓髻，双腿叉开，极像四爪张开的青蛙。小红人的原型来自民间剪纸广泛使用的语符，如用于招魂的小纸人，代表生殖渴望的抓髻娃娃，吕胜中从民间各地众多繁复的图样里提炼出这样的造型，看似简单，却蕴含原始的强盛生命力。所谓的招魂堂，就是成百上千的小红人从四面八方往屋顶中心处聚集，然后从中央垂直落下，最终悬在半空。吕胜中说，小红人把库淑兰剪纸的地方当作一个整体的宇宙空间，在涌动与喷发之中，提示着"道"的生成与皈依，一切流离失所的现代灵魂及时如愿归位，重组一个正反相成、阴阳相合的纯朴与完美境界。

给你两个说实话，宇宙空间，现代灵魂，正反相成，阴阳相合，这些玄玄幻幻的话，我听得似懂非懂。

吕胜中说，库淑兰醒来之后，看到这个场景，激动得

大叫起来，我爱这个，我爱这个，当即舞蹈起来，一边舞
一边唱：

> 太阳出来满天红，
>
> 个个神灵有人敬，
>
> 无人敬我太阳星。
>
> 天上无我太阳不昼夜行，
>
> 地上无我太阳不收成。

唱罢，库淑兰问，剪花相公，小红人就是我剪的太阳
里面的那个人？

你两个还记得吧，库淑兰剪的太阳、月亮里一定是有
人的。

吕胜中点头称是，干妈，我佩服你太阳、月亮里有人
的伟大创意。

干妈？是的，叫干妈。我等一下说为什么叫干妈。

离开时候，吕胜中要把小红人撤掉。库淑兰央求，剪
花相公，不要撤，给我啊。

于是，一直保留，保留到现在。虽然窑洞塌了，但我
相信招魂堂的小红人还在……你两个在纪念馆看得到，复
制的。

吕胜中说，他用剪纸的形式招魂，其实招的是艺术本

源的灵光。艺术本源的灵光，不仅仅闪现在库淑兰身上，还闪现在很多很多民间艺人身上。他们虽然没有所谓的文化，但经过了几千年中国传统文化的熏陶，艺术修养相当成熟，特别有智慧，特别有灵性。只不过文化语境完全变了，我们看不清他们那些东西的真相是什么，我们听不懂他们语言内涵表达的是什么。库淑兰跟所有民间艺人一样，是人，不是神。所不同的是，艺术本源的灵光在她身上闪现得更为耀眼璀璨。

我说起七七四十九天的不可思议。吕胜中反问，你亲眼见到了吗？村里人善于夸张。夸张本身就是一种艺术表现。神话故事莫不是艺术地夸张。

我一时语塞。

为什么偏偏是库淑兰？

吕胜中答，必然中的偶然，偶然中的必然。跟太阳聚焦一样，民间艺术的灵光聚焦在库淑兰身上。

杨阳是清华大学美术学院艺术史论系教授。她的父亲是杨先让。吕胜中是中央美术学院教授，第一次来的时候，身份是杨先让的研究生。

杨先让是什么人？

这样给你两个说吧，如果说我是库淑兰的发现者，使库淑兰走上了中国民间艺术的大舞台，旬邑彩贴剪纸艺术得到了全国人的关注和认可，那么，杨先让就是库淑兰的推广者，把库淑兰推向了世界民间艺术的大舞台，旬邑彩贴剪纸艺术得到了全世界人的关注和认可。

第十五章

库淑兰的胸脯正中、双乳之间长了一颗瘊子，大拇指大小，黑，还长有细细的黑茸毛。王西梅帮库淑兰洗澡，库淑兰不许她碰瘊子。她问为什么？

库淑兰答，那是剪花娘子的记，碰不得。

王西梅问，你怎么知道这是剪花娘子的记？

库淑兰答，想铰花了，瘊子就硬了；不想铰了，瘊子就软了；铰出来最好的花，都是在瘊子最硬的时候。

你两个必须清楚，杨先让目光所聚焦的、向世界推广的，不仅仅是旬邑县的库淑兰。

只知道中国民间艺术丰富，历史悠久，绚烂无比，但到底怎么个丰富，怎么个悠久，怎么个绚烂，谁弄得清楚？

带着这样的课题，一九八六年，杨先让开始了他在黄河流域的第一次"艺术行走"。那时候，交通远没现在这么方便，他只能雇一辆摩托，三轮的，在黄土高原上一路"突突突"，下车的时候变成了"出土文物"。这一走就是四年。一九八六年至一九八九年，杨先让一行人先后十四次踏足黄河流域开展民间艺术考察，足迹遍及青海、甘肃、宁夏、陕西、山西、河南、河北、山东八省区，从黄河上游一直搜寻到黄河入海口。围画、壁画、山岩画、木版年画、陶瓷绘画、皮影、木偶、剪纸、社火脸谱、面花、花被面、花包袱、瓜帽、鞋垫、荷包、肚兜、布老虎、纸牌、瓦当、拴娃石、拴马桩……走着走着，他们越来越觉得一步一步接近民间艺术的根和魂。民间艺术绚烂丰富、勃勃生机的一面展现在他们眼前。同时，他们也经常遇到"人死艺亡"的情况——循着线索找到民间艺人所在的村子，却被告知来晚了一步——要找的那个人几个月前已经去世。民间艺术衰落、凋亡、后继乏人的一面也展现在他们眼前。

四年十四次踏走黄河，拍摄数千幅图片，整理出二十多万文字，中国黄河流域民间艺术的"百科全书"——《黄河十四走》就此诞生了。杨先让和他的同路人，成为在中国北方开展民间艺术田野调查的先行者和领路人。

是的，是的，杨先让是真正的跑家，大跑家，伟大的跑家。杨阳和吕胜中是同路人中的两个。还有一个人，名叫乔晓光，跟吕胜中一样，是杨先让的研究生，以后是中央美术学院非物质文化研究中心主任、中国民间剪纸研究会会长。库淑兰在世时候，他们都来过多次。去年，库淑兰一百周年诞辰，杨先让在美国，其余人都来了。

恰在黄河十四走期间，我把《剪花娘子》摆在了杨先让面前。那时候还没有"黄河十四走"这个概念，我也不知道他们正在忙活这么一件大事。

我怎么会认识杨先让？

你两个忘性真大，张仃、华君武、古元都是我的老师啊。这些老师认旬邑县的学生文为群，我才有可能把库淑兰的剪贴画送到他们的门上啊。石鲁先生一九八二年八月因病去世了。他比库淑兰大一岁。张仃老师比库淑兰大三岁，华君武老师比库淑兰大五岁，古元老师比库淑兰大一岁。

惭愧，当学生时候梦想，有朝一日会把自己的画作呈给老师请教；梦断之后，呈上的却是库淑兰的彩贴剪纸画。

大师们看了《剪花娘子》，都激动得叫喊，挥舞手臂，这是民间艺术，了不得的民间艺术！他们都给我介绍杨先让。张仃老师写了条子，还不放心，又打电话说，这个是送上门的，用不着你跑，要是错过了这个，你前头跑过的路全都是白跑。

只一眼，杨先让的眼睛潮了，声音哽咽，对身旁的乔晓光、吕胜中说，这才是真正的艺术，这才是真正的艺术家，我们这些人算什么呀！

我说，你是中央美术学院的教授啊。

那时候，虽然省上的展览取得了成功，我知道了库淑兰在全省的分量，但在全国层面，库淑兰剪得到底有多好，好到哪个高度，说实话，不知道。在我的眼里，中央美术学院教授是极其崇高的。他们的一句话，决定库淑兰能否在全国被认可。

杨先让说，我可以这样告诉你，这位民间艺术家是我至今见到的第一号种子，真正的大师级别，是几百年出一个的。马蒂斯也剪了一手很美的剪纸，如果他是一个诚实的艺术家，他看到这样的剪纸也会佩服得五体投地的。我们现在要做的，就是让更多的人知道库淑兰，欣赏到库淑兰杰出的艺术。

这是我第一次听说马蒂斯。

就这样，我在北京住了五天，花了一百零五元，把库淑兰由基层送到了高层，交到了杨先让手中。其间，张仃老师给我票，让我在中国美术馆看了场法国艺术展。这时候，我绝对想不到，库淑兰的彩贴剪纸作品也会在这样崇高的艺术殿堂展出。

很快，杨先让带乔晓光、杨阳、吕胜中几个，来到旬邑，来到富村，走进库淑兰矮小的窑洞。那天，矮小的窑洞挤满了人，陪同的市县领导和艺术家多很，我都被挤在了窑洞外。杨先让和库淑兰说些什么，我没有听到。

杨先让在文章中写道，我眼前一亮，令我震惊万分的是满窑的彩色剪纸。这是一座真正的艺术殿堂，在此，我认识了一位民间艺术大师 —— 库淑兰。从此，库淑兰的创作实践和艺术经验，成为我们教学中不可缺少的课程，同时更强化了我创办民间艺术系的信心。如果说我们一群人在为中国民间艺术呼吁奔波，对中国美术史、中国民俗史、中国文化史能起着填补空白的一点作用的话，那么库淑兰的艺术将在其中牢牢占据一个位置。贫穷劳苦一生的库淑兰，最典型地反映了中国小农经济下一个民间巧女子的经历——生活中所缺少的，只能在她那有限的艺术创作中得到补偿。当她身在艺术创作中时，她是真正的精神富有者。

杨先让题了词：永远的剪花娘子。

在杨先让的呼吁下，中央美术学院民间美术系成立。他担任首任系主任。库淑兰彩贴剪纸艺术的课程，他不仅在中央美术学院讲，还在世界各地讲，纽约、伦敦、巴黎、东京、新加坡……

杨先让第一个在海外讲座中喊出中国的毕加索，世界的库淑兰。

一九九六年三月，库淑兰被联合国教科文组织授予"民间工艺美术大师"。

对于这个称号，王宁宇说，我的英文不行，不知道联合国教科文组织为库淑兰授予大师称号被中文译作"工艺美术"的原词意义是否妥当。我个人认为，工艺美术在今天一般偏重于考量生产流程中工艺制作中的工艺问题。库淑兰的剪纸拼贴画，最重要的意义不在这里，她的艺术成就、她的典范意义更多在于精神性，在于精神上的创造力，以原始的、传统的工艺技术，传达出人类无限丰富的智慧生活与生活情感的创造能力。

虽然我认为王宁宇说得有道理，但我顾不得翻译用词的准确与否，完全沉浸在库淑兰彩贴剪纸被世界认可的巨大喜悦中。十六年前，第一次见到册页上的彩贴剪纸，无论让我怎么想，也不会想到会有这样不可思议的结果。一直到现在，看着一幅幅《剪花娘子》，我还是觉得不可思议，像在梦中一样。

这样崇高的奖项授予库淑兰，王宁宇和程征跟我一样，也完全没有想到，也像在梦中一样。

省上的展览叫作"旬邑、永寿、周至民间剪纸展览"，一九八六年五月，由省文化厅、省美术家协会在省美术家画廊举办，专厅陈列库淑兰彩贴剪纸，引起轰动。省人大常委会副主任刘力贞看到库淑兰的剪纸后，大为震惊，挥笔题写了"艺臻神境"四个大字。县委书记激动得握住我的手不放，文老师，这下我才知道你为什么不愿意当副乡长了。你在文化馆继续干，继续为库淑兰服务，有困难尽管找我。

省上展览后不久，欧洲传回消息，"中国陕西乡俗手工艺展"首站德国，我们的随展代表未到，德方已做好了迎展的全部准备工作。出人意料的是，完全以德方意愿制作的展览会海报，他们在众多的手工艺品中，挑中的是库淑兰的作品——《江娃拉马梅香骑》。

展览会落幕，领导猛拍我肩膀，拍得我生疼，为群，该去北京了。

就这样，我去了北京。见到了老师们，见到了杨先让，推出了来自旬邑县的剪花娘子库淑兰。

一九九七年四月，在杨先让的指导下，我撰写的《剪花娘子库淑兰》一书由台湾汉声杂志社编辑出版。同时，库淑兰剪纸艺术展在台北举办。是的，巨大轰动。

除了赴香港参加中国民间传统艺术节外，其余所有的展览、领奖、发言、研讨、采访、接待……用咱陕西话说，人前要人的活儿，一直到现在，都是我的，旬邑之外的活动，大的，小的，库淑兰一个都没参加过。

我要人，库淑兰干什么？

剪花娘子修炼千年下了凡，

给你大童子开了言，

库淑兰大娘把我这名誉往外传，

实心实意把花剪，

大童子北京上海都走遍，

把我的花枝往外传。

今天花草剪好先，

小戏莺歌唱一遍；

今天花枝剪不好，

气得浑身上下啪啪啦啦颤，

三天三夜吃不下饭；

待到半夜睡不着觉，

把住窗框子往外看，

月亮子落来星星繁；

我把任务交给你库淑兰，

各州府县都有你的名誉先，

你百灵子百巧先，

十样子花儿百样子讲义先；

大车小车拉着大童子转，

十样子花儿百样子讲义先。

她铰花，不停地铰，一天都没歇过。

我让她歇一歇，她说，不铰不得成，心里头要铰啊；不想铰不由我，剪花娘子催哩；趁姨的精神还旺，让姨多铰几年；铰不好吃不下饭，铰好了心里甜又暖……

我请她看戏，换一换脑子，她叫嚷，咱铰花这么忙，你还打逛哩。姨到哪里都不敢多停，花样子从颡里冒出来，就得动剪子，耽搁不得。

我给她说获了什么奖，上了什么报，某个大人物怎么评价，她的回答都是，那顶什么用？剪不出好花还不是白搭。

她不愿意出门跟人热络，说是怕晕车，我清白，更多的是怕耽搁剪纸。她是个爱跟人热络的人，前头说了，不怯场，冷不丁冒出一句玩笑话，满堂彩。在香港第一晚，中国民间传统艺术节组织者唐敏女士来酒店看她，给她送了一根不锈钢拐杖和一条羊毛头巾。她高兴得舞蹈起来，一边舞，一边唱：

> 剪花娘子给你童女讲了言，
>
> 童女来到我跟前，
>
> 库淑兰心上自在得好比鸡毛翎子扫胸前。
>
> 一朵莲花一棵根，
>
> 童女来到了我跟前，
>
> 比我的娘家人亲呀鞭。

整个房间都乐了。唱完，她说，人敬我一尺我敬人一丈。可怜我库淑兰路程遥远，没带下一丈长的礼，只会给你铰个花。问唐敏，女子呀，你属什么？噢，属马，我铰个跟我女子一样好看的马。

一时三刻，一匹俊俏的彩马剪成了。

唐女士激动得眼泪都出来了，阿姨，您剪得太美了。我先生属羊。

好我的女子哟，为什么给你老师要，该给你男人要呀。

我在库淑兰耳旁说，先生就是丈夫。库淑兰点头，噢，原来我女子嫁给了她老师。

哄笑间，一只丰满的彩羊成了。

库淑兰说，女子啊，马比羊大。他虽然年龄比你大，但欺负不了你。早知道，姨把马蹄子铰硬些。

一房子那个笑啊！

第二天的开幕式，艺墟会堂的背景画是十米高的库淑兰作品《两个吹手吹唢呐》。

库淑兰问唐敏，女子，你用多大的剪子铰得这么大？

唐敏眨巴眼，不知道怎样回答。

白天，库淑兰每到一地，都引起围观，人们争先撂钱，要属相彩贴剪纸；晚上，香港的专家学者到酒店拜访，库淑兰谈笑风生，不时有玩笑话惹得满堂彩。一时间，库淑兰登报纸、上电视，艺术节上刮起了一场剪花娘子的热旋风。

说到香港，还想起一件事，一路照顾库淑兰的王西梅给我说的。库淑兰的胸脯正中、双乳之间长了一颗瘊子，大拇指大小，黑，还长有细细的黑茸毛。王西梅帮库淑兰洗澡，库淑兰不许她碰瘊子。她问为什么？

库淑兰答，那是剪花娘子的记，碰不得。

王西梅问，你怎么知道这是剪花娘子的记？

库淑兰答，想铰花了，瘊子就硬了；不想铰了，瘊子就软了；铰出来最好的花，都是在瘊子最硬的时候。

王西梅笑，姨，照你这么说，瘊子跟男人那东西一样？

库淑兰瞪她，羞不羞，心里知道就对了，说出来做什么？

王西梅跟我同事几十年，大我五岁，所以才好意思给我说这个话。

王西梅说，原来她不相信库淑兰成神的话，听老婆子这么一说，不由得不信。问我信不信？

王西梅最后说，真要是神，也是个可怜神，老婆子今辈子头一回洗澡啊。

自称剪花娘子之后，前头说了，库淑兰剪纸没歇过，一坐一整天，几近疯狂状态，到她离开人世，剪了一千多幅作品，这些是文化馆登记在册的，还不包括全国各地的爱好者从她手上购买的。

二〇〇〇年之前，馆里收购她的作品，给多少是多少，她从不计较。在我的眼里，库淑兰的艺术追求高于经济利益。得来的钱，库淑兰从来不管，不是交给宝印叔，就是给了儿子。这时候的宝印叔，已经学"乖"了，不但不吵嚷，还动手做一些简单的饭食，端到老伴儿跟前。

二〇〇〇年之后，库淑兰变了 —— 利字当先，钱不给够，绝对拿不走作品，不论是谁，包括我。

怎么了？

第 十 六 章

我的干妈，不是一般的巧女子，是胸怀大气魄、有文化责任感、超越了实现自我与生存背景的一个奇女子。作为中国传统民间艺术最后一代传承人，或者说，我最后见到的艺术的母亲，当民间传统文化要退出历史舞台的时候，我的干妈理直气壮地伸出手，向现代要一个存放遗产的空间。干妈不是给人要钱，是在向当世的人们呐喊：现代，你们应该给我！

为吃？

库淑兰的嘴，天势下只吃玉米糁子、馍蘸盐醋辣子、面条和饸饹，一天两顿，天天不变，噢，变呢，跟老早比变了，玉米糁子稠了，馍白了，面条跟饸饹里清油、青菜、豆腐、土豆、豆角多了。在香港，好不容易寻见一家陕西餐馆，专做了馍和面条，才没让老婆子饿肚子。童子童女孝敬的副食，水晶饼啦，桃酥啦，麻花啦，面包啦，开始她还尝几口，以后多了、惯了，都归了宝印叔和儿子孙子孙女享用。同村、邻村来拜的老年妇女，日子恓惶的，她都塞给一包两包。

为穿？

杨先让来，省市领导来，陕西电视台拍专题片，去香港，中央电视台拍专题片，大的事情，馆里给库淑兰做过几身衣裳，都是她爱的老式大襟样子，纯棉的，深蓝色，毛蓝色；两件白色，夏天穿。这些衣裳，场面上穿过之后，她就锁进箱子。有重要的人物来，我一再央求，她才不情愿地换上。她最爱的，是那老织布做下的大襟夹袄，土蓝色，洗得没色气了。杨阳问，墙上的剪花娘子穿得那么漂亮，你是剪花娘子，怎么不往漂亮穿？

库淑兰答，上了墙的库淑兰才是剪花娘子。没上墙，坐在炕上跟你说话的是库淑兰，穿那么漂亮做什么？

为用？

搬到新房子，馆里给她买了几床新被子、新褥子，童子童女还送来新桌子、新板凳。老婆子舍不得用，还睡她的旧褥子，盖她的旧被子，新被褥、新饭桌、新板凳都给了儿子。刀有豁豁案又洼，擀杖就像辘轳把，锅板四片锅四匦，笟篱没颗勺没把。窑里那些老掉牙的日用家当，她一样不落搬了来。童子童女要给她换新的，她死活不愿意。临上天，屋里的家具，还是那老板柜、老木箱、老炕桌，再没有啥啥儿了。家用电器？一样儿都没有。有个湖南来的童子要送她电视机，说让剪花娘子见识见识外面的世界。

库淑兰说，剪花娘子在天上游呢，天底下什么没见过？

避开那童子，悄悄对我说，费电很，我才不要呢！

为看病？

老婆子的身体越剪越精神，特别是眼睛，越来越亮。除了二〇〇三年住过一回医院，没闹过大麻达。住院是因为肺气肿。古元老师说库淑兰是"乡珍县宝"，真是的，住院的消息传出去，乔晓光发来了慰问信和慰问金；县委县政府全额解决了医疗费用；考虑到库淑兰儿子在乡下，来回不方便，我提出、领导同意，由我媳妇陪床照料；医院不用说，安排了最好的医生、最好的护士诊疗护理。住院四十多天，最后几天，医生、护士们高兴坏了，每人得到了一幅彩贴剪纸画。库淑兰一边剪，一边唱，气足得很。肺完全好了。

为儿女？

两个儿一个女，各个小家的日子虽然平常，但都平平稳稳，没有急用钱的地方。库淑兰不是不关心儿女，以我这么些年看，她可自己的力，有了，帮一点；没有，就那样。包产到户以后，儿女们的日子一天天都好了起来，也不指望她帮。

攒下了不少钱，该过百万了？

你两个呀，忘记学习班的规矩了。学员领取了误工补贴，剪下的作品，全部归文化馆所有，不再付给作者报酬。库淑兰大量的作品是在学习班上创作的。她应该是老师啊。小麻说得对，应该是，但我们一直按学员的标准给她发误工补贴。她不但没有意见，还高兴呢，说，铰了花，挣了钱，天底下最美的事。

库淑兰的名气越大，我们的学习班办得越勤，高峰那几年，一年办两期、三期，一期长达一个月。现在说起来，给老人家那点报酬，唉，真是愧疚。馆里收购库淑兰的作品，最高价是一幅四百元，大幅的；小幅的，五十元。不怨领导，领导也尽力了，申请下来的经费，好一些花在彩贴剪纸的展览宣传上，还有免不了的迎来送往，与全国各地的交流。县委县政府关心库淑兰，各部门想着法儿照顾她吃的、用的。生活上，她不存在问题。

我记得起的库淑兰的大笔收入，收藏她的作品，中国美术馆给了三千元，中央美术学院给了三千元，上海美术馆给了五千元，台湾汉声杂志社给了五千元，香港给了五千元，香港给人剪属相收了六千八百元……没有过万的。怪了，不论到哪儿，再高端的地方，再厉害的人物，见了库淑兰的作品，没有不震惊、不喜欢的，但价钱就是上不去，我见到过的最高成交价，单幅，高一米零八，宽七十八厘米，《剪花娘子》，九百元。全国各地慕名来的人虽然不少，但肯花大价钱购买的人不多，大都是三五百元的小手面。有的带一点土特产，说一担笼好听话，库淑兰高兴了，就赠送一幅。

崇高的称号和低廉的价格，悬殊啊！为什么？

程征说，就怪"民间"两个字。一旦沾上民间，就好像老土，好像没有付出心血，好像艺术价值就低。

王宁宇说，曲高和寡。凡夫俗子几个看得透真正的艺术价值？

吕胜中说，我们怀念传统，想再现传统、突破传统，喊得响亮，却不愿为之付出真金白银。

杨先让说，需要时间，当我们对美的认识与经济发展同步的时候，库淑兰的价值自然就会显现出来。凡·高生前只卖出了一幅画，四百法郎。当人们都认识到凡·高价值的时候，对不起，买不起了。

单纯从经济回报上看，的确，彩贴剪纸并没有给库淑兰带来多么大的实惠。但不明就里的人不这样想，看库淑兰家里这个教授进来，那个领导出去，全国各地的童子童女来拜，一幅一幅彩贴剪纸被请走，热闹得很，红火得很，以为她发大财了，竟下了黑手——趁老两口不在，把屋里翻了个底朝天，偷走了压在炕席底下的八百多元钱。库淑兰回来，吃了一惊，但没生气，倒呵呵笑，站在门口唱开了：

> 贼娃子，听我言，
> 剪花娘子是神仙，
> 神仙天势下不用钱，

用钱是我库淑兰，

库淑兰用钱为神仙，

偷了库淑兰不打紧，

库淑兰没钱用给神仙紧打紧，

贼娃子，聪明人，

事情咋办你抓紧。

唱了两天，第三天早起，宝印叔看见门洞里塞进来一沓钱，数了，五百元，还少三百多元。

库淑兰说，贼娃子也是恓惶人，谁日子过得好好的去偷人？就当剪花娘子舍给他了。

库淑兰不是个爱钱的人啊！她急用钱，给人张口，我理解。问题是，她没有急用钱的事情呀。

她要钱干什么？

一天，程征介绍他的一个学生来访。我领到富村。学生对库淑兰彩贴剪纸爱得很，特别是花草，有想要一幅的意思。学生么，脸皮薄，不好意思张口。我要开口，他摇手示意不要，打开画夹，画了起来。一时三刻，一幅速写画成了，库淑兰坐在炕上，聚精会神铰花呢。学生捧给库淑兰看。

库淑兰高兴得不住眨巴眼，画得好，画得好。

学生说，奶奶，我没有钱，想用我的画换您一幅花草剪纸，小幅的，可以吗？

照以往，不用我搭话，事情肯定成了。但这回不。

库淑兰说，娃呀，你画得好，我变不了钱呀。小幅花草我给旁人要一百元，你给五十就行。

我不能不开口了，姨，这是程征老师的学生，才学本事呢，衩衩里没钱。

噢，西安程征的徒弟娃呀，那就再少些，四十。

我愣住了，照以往，我开口了，就没钱的事了。

给你两个必须说明，我绝不是在库淑兰跟前拿大，让她老人家听我的。我没糊涂。库淑兰获得联合国教科文组织授予的"民间工艺美术大师"的称号，靠的是她自己出神入化的本事，不是我文为群。没有文为群，会有张为群、王为群、李为群……没有库淑兰，就没有旬邑彩贴剪纸。世上只有一个剪花娘子库淑兰。库淑兰彩贴剪纸艺术的光芒谁也遮挡不住。没有库淑兰，我文为群算什么？缘分安排我作为美术辅导干部第一个认识库淑兰，对艺术的热爱不由得我为库淑兰工作一辈子。就像提奥，命运安排他为凡·高付出一切。到北京、到香港、到台湾，人家那么隆重热情，为的不是我文为群，为的是库淑兰非凡的艺术成就啊。话说回来，咱都活在人情社会，都是世俗的人，我给库淑兰开口，给某个贵人赠送彩贴剪纸，也是必须的事。这个你两个能理解吧？理解就好。要库淑兰的作品，很少有寻她本人的，大都是寻我。当然，这样的口我不随便开，有原则：为库淑兰艺术之路提供过重大帮助的，能给旬邑彩贴剪纸发展带来重大支持的。杨先让来，我开口了，请老人家给他赠送大幅的《剪花娘子》，给他的女儿杨阳赠送小幅的《剪花娘子》，给他的学生乔晓光、吕胜中几个每人赠送一幅花草。杨先让他们欣然接受了赠送，临别时候，给库淑兰炕桌底下悄悄放了两千元。为程征、王宁宇我也开口了，赠送了，但他们都转赠给了省美术馆。拿事的领导们，我也开口了，赠送了，他们都没白要，给了旬邑彩贴剪纸大大的支持。这是程征头一次介绍他的学生来旬邑，我怎么能让穷学生花钱？

看见我发愣，库淑兰说，为群儿发话了，那就三十。

那口气，好像给了我天大的面子。我说，姨，不用三十，五十就五十，你记着，这是馆里的事，到时候一搭算。

学生过意不去。我说，速写送给我吧。

我是怕学生不要才说这是馆里的事。这笔账不可能算给馆里。没作品入库，凭什么领出钱来？

送走学生，我给老婆子了五十元。老婆子认真，要找二十元呢。我说不用了。可能感觉到不对劲儿，库淑兰悠悠地说，无奈、发愁的口气，大童子，我想为剪花娘子盖一坨新地方，得不少的钱，才开始攒哩。

我理解为她托着剪花娘子的名，要给自己盖新房子。心想，八十岁的人了啊，即使盖好了，能住几天？村上安排的房子才住了十年，好好的呀，莫不是老糊涂了？

那一段时间，一个接一个人在我跟前说，库淑兰活到八十岁终于灵醒了，知道了发财致富；库淑兰的钢口硬得很，一分钱都不让，不认人，只认钱；原来觉得老婆子嫽，唉，不成想被银钱祸害了，一大把年纪钻进了钱眼眼儿；老婆子名大了，飘了，把咱这些抬举她的人都给忘喽；原来以为神仙不爱钱，没想到，爱起钱来比俗人还爱，见面的挨个儿要……

在我跟前说这些话的，都是县里县外有头有脸的人。我纳闷，库淑兰真的要盖新地方？就是盖新地方，也不能不顾脸面给人要钱啊。

这样给人要钱，丢她的脸，也丢我文为群的脸呀。

我心里不快，一个多月没去富村。这时候，吕胜中来拍纪录片，让我带他去。我说，带你去可以，但你要有思想准备，库淑兰会向你要钱。

吕胜中说，拍纪录片她也要？

我答，听说来见她的人，一个都不放过，全都要。

吕胜中不相信，问，给她的干儿也要？

我答，要。

吕胜中跟杨先让来，库淑兰认吕胜中为干儿，认杨阳为干女，也就是童子童女。库淑兰把干儿干女与童子童女当一码事，全国各地，库淑兰的童子童女，也就是干儿干女不老少呢。"中国剪纸艺术大师"的墓碑，就是北京的童子，也就是干儿出钱立的。吕胜中嘴甜，见了库淑兰就叫干妈。

吕胜中说，我俩已经是母子关系了，她要钱，我给一些，应该的，没关系。

话是这么说，但我还是觉得对杨先让和他的学生们，库淑兰张口要钱是不合适的。人家自愿给，那是另一码事。

刚才说吕胜中跟库淑兰互剪肖像结束，我离开了。为什么离开？库淑兰对吕胜中说，干娃，你得给我钱。

我离开是为了避开尴尬，你两个说，哪有这样直戳戳给客人硬要钱的？

回到县城，晚饭时候，吕胜中对我说，我干妈要钱，我给了她一大把。我问干妈，你不舍得吃又不舍得穿，要钱干吗？干妈说，我要盖新地方。

盖新地方做什么？

做庙院。

你真迷信，盖什么庙院嘛。

干妈一把拉住我，干娃啊，我今年过八十岁了，再过五年，你要是再来看我铰的花，去哪里看？我要把我的花放到庙院里去。

吕胜中长叹一声，重声说，我很快理解了。庙是什么？庙是纪念贤人圣者的地方。用我们今天的话解释，她实际上就是要一个纪念馆，或者说是库淑兰艺术陈列馆。文老师，这下你理解了吧，每逢有人去拜访她，她为什么跟人家要钱，要得那样理直气壮。她要钱不是花给自己，是攒下盖庙院，为保存自己剪下的花啊。我的干妈，不是一般的巧女子，是胸怀大气魄、有文化责任感、超越了实现自我与生存背景的一个奇女子。作为中国传统民间艺术最后一代传承人，或者说，我最后见到的艺术的母亲，当民间传统文化要退出历史舞台的时候，我的干妈理直气壮地伸出手，向现代要一个存放遗产的空间。干妈不是给人要钱，是在向当世的人们呐喊：现代，你们应该给我！

我浑身冒汗，嗓子发干，哽咽说，我胸怀浅，曲解大师了，库淑兰该有一座庙院。有了庙院，像所有有庙院的神灵一样，库淑兰就真成神了。

吕胜中说，虽然我们口口声声称库淑兰为大师，但很多时候，我们还是把她当作闭塞、狭隘、落后的小脚老太太。我们时刻要记住，她不是凡品，是真正的大师。她的聪明、灿烂、光辉，完全可以照亮一片天空；她要是生长生活在当代社会，一定是中央美术学院最棒的艺术家。

我第一时间的直觉，库淑兰的"庙院"应该是三孔窑洞，就像富村她家那样，放大几倍，又高又大，窑前是山，窑后是原；里面的陈设，跟我第一次被震撼那样，跟她跌落悬崖、成了剪花娘子时候那样，彩贴剪纸贴满窑壁，剪花娘子端坐莲花之上，花团锦簇，像莫高窟。

领导说，窑洞潮，不宜长久保存。再一个，哪有那么现成的地方？咱先收拾出来一个临时的"庙院"，让老人家的心先安稳下来，再图长远。

阅览室？这个你两个倒记得。研讨会结束，阅览室就还给了图书馆。二〇〇〇年前几年，县文化馆、图书馆、博物馆虽然还在一个大院子，但变成了三家单位，各用各的地方，各管各的事情。

文化馆没有大厅，领导费了难肠，硬是挤出五间办公室，挂起库淑兰各时段的作品，办起了库淑兰彩贴剪纸艺术陈列馆。我拍了些照片，送给她老人家看。这时候，老人家哪儿都不去，就守在炕上剪纸。上年纪了，手底下虽然慢，但一天都不空，剪个不停。听我说了"庙院"的情况，看了照片，老人家问，有没有唐家的厅堂大？

我一时说不出来话，停了好一会儿，才说，一间没有唐家的厅堂大，五间加起来差不多。

差不多就是差。庙院小，我库淑兰不嫌，就怕把剪花娘子憋屈了。

一间办公室就二十平方米，又低又矮，真把剪花娘子憋屈了。

二〇〇八年，库淑兰剪纸艺术纪念馆建成。站在高大宽敞明亮的大厅，我脑海里回响老人家第一次唱《剪花娘子歌》：

剪花娘子把言传，

爬沟遛渠在外边，

没有庙院实难堪。

热哩来了树梢钻，

冷哩来了晒暖暖。

进了库淑兰家里边，

清清闲闲真好看，

好似庙院真花繁。

叫来童子把花剪，

把你名誉往外传。

人家剪的是琴棋书画、八宝如意，

我剪花娘子铰的是红纸绿圈圈。

我真想把老人家接来，请她看一看，想听她唱：

这个庙院嫽，

这个庙院鞔，

剪花娘子不弹嫌，

住在里头享长远。

享长远，享长远……

你两个今天在墓碑上看到了，老人家是二〇〇四年
十二月十九升天的。前两天，还坐在炕上剪纸。我坐在炕
边，看她剪纸到半后晌。要走时候，老人家说，一窝窝人，
后日，记准，后日后晌，你指住来，给姨多拿些彩色纸。

我说，姨，少拿些，你多歇少剪，眼看着八十五了。

老人家扑闪大眼睛，瞪我，叫你多拿就多拿，怎么这
么多的话？

我说，好，好，多拿些，多拿些。

我出了门，背后传来她的笑声，姨是剪花娘子，金剪
子不得停，彩色纸越多越好，越多越好……

第三天后晌，我到富村时候，她门上已经贴满麻纸，

新棺材刚抬到门口……我瓷了，站在门口不得动弹。

带来的那些彩纸，全铺在了棺材里头……

姨是剪花娘子，金剪子不得停，彩色纸越多越好，越多越好……库淑兰这最后的话，不住在我耳朵里回响，现在还时不时响！

这就是我为什么给窑里、给屋里撺彩色纸。我姨的金剪子不得停啊！

不说了，唉，难过，说不成了。

半夜了，你两个快去睡。

送你两个到头门口。慢些儿，小心台阶。

人老了，爱忆旧。今儿送寒衣时候，老早的事情一下子全泛了上来。你两个都是搞艺术的，愿意听，我就说得多了些。

天黑了，你两个路上小心。

明早九点，纪念馆门口见。

尾声

文老师的讲述是在从富村回来之后。

去富村的路上，我认识了文老师。

接上老麻，问跑哪里。他神秘地一笑，说道："到地方你就知道了。"

我调整好座椅靠背，躺舒服，说道："随你，反正我今儿啥心也不想操，就想放空。"心空，浑身的乏就上来了。我闭眼睡去。

睁开眼睛，阳光炫目，又眯住，瞑了会儿，慢慢睁开，摸着按钮，座椅缓缓升起，我扭头望窗外。裸露的黄土和泛黄还绿的野草杂树幕布一般后移，节节高仰。转过弯，还是黄土和野草杂树的幕布，节节高仰。又转弯……扭头望右边，金色的阳光，蓝蓝的天，白白的云，好像静止的。噢，车行盘山道，一边是山，一边是崖啊。我撂开身上的薄毯，伸一伸懒腰，坐直了。

"睡得美！呼噜声震天，打雷一样。"老麻笑道。

我抬腕看表，说道："三小时。真是，睡得美！"面向老麻，"这是跑到了哪里？"

老麻答道："古豳之地。"

我瞪老麻，卖什么关子嘛。老麻道："周人先祖后稷四世孙公刘开疆立国，国名即豳。周道之兴自此始。"见我发愣，老麻念诵起来："七月流火，九月授衣。一之日觱发，二之日栗烈。无衣无褐，何以卒岁……"摇头晃脑。

我扬手要拍打他。他赶紧正了脑袋，说道："'七月流火'出自《诗经》里的《豳风》。古豳国在甘肃庆阳和陕西长武、彬州、旬邑一带……"

"屁股下面是哪里？"我急了。

"上坡就是旬邑县中原，往北到甘肃省正宁县只四十公里。"

"中间的中？"

"是，还有北原和南原。旬邑山原各半。"

三个小时前还在秦岭脚下，一觉醒来，这就到陕西省北边儿了？高速公路啊！

摁开车窗，风呼呼，有些冷，我打了个激灵。老麻说道："太阳看着红，热力却没了，明天是十月一，寒衣节。"

我关上了车窗。

车子跃上原面，眼前豁然开朗。叶子几乎落尽，鲜红的苹果亮出身子，一个个，一团团，像点亮的小红灯笼，簇拥枝头。成片成片的苹果树、成千上万的小红灯笼不时掠过。我又摁下车窗，清冽的空气灌入，洋溢着苹果的香味。我不由大口大口吞吸。

跟低矮的苹果树一样，环抱村庄的高大树木也落了叶子，高高低低的房屋显露出来，安安静静地接受阳光的照耀。我伸头出车窗，眯眼望天，壮阔，高远，不像城市里那样挤拂，一团一片，压在头顶；回望甩在车后的原野，敞亮，浩荡，不像城市里那样杂嚣，时时遮望眼。我叹道："老麻啊，黄土高原的暮秋何其壮美哟。"

老麻笑道："跑家之美，并不在于一定跑到宝贝，还在于享受城市里没有的田野风光之美。"

我向老麻竖大拇指，问道："咱这是要跑到古豳之地的哪里？"

"太村镇富村。"

副驾驶座转过一张脸来，微笑回答道，声气柔柔的。这是一张老者的脸，皱纹像犁铧刚刚翻过的土地；颧骨处红红的，红苹果那样的红。

我吃了一惊，怎么多了一个人？

跑到陌生地面，跑家要有嘴子的。没有嘴子，千门万户，怎知哪家有宝？跑家的嘴子不光了然古董老物在哪村哪家，还得对真赝的辨别不离谱。好的嘴子眼力好，十里八乡精熟，能带外来的跑家跑出惊喜。这样的嘴子往往也是跑家，在当地跑一线，本钱小，东西价昂，吃不动了，便介绍给大跑家。大跑家付给嘴子信息费，成交额的一成；不成交，不取分文。

吃惊的一刹那，我明白过来，这位老者是老麻在旬邑县的嘴子，便接话道："你好！富村有什么好东西？"

老者发愣，颧骨处更红了。

老麻哈哈大笑，推我一把："想啥呢！这是我舅。刚才到我舅家门口，他推自行车出门，我让他放下自行车，享受享受你的高档商务车。你睡得香，我没舍得叫醒。"

"你亲舅？"

"我妈是旬邑县文家村人。文家村都姓文。我见了文家村的男性长辈都叫舅呢。这个舅就是文家村人，自然也姓文，我当然叫舅了。这个舅是画家，退休之前在县文化馆工作。你叫文老师。"文来文去，老麻自己先笑起来，我和文老师跟着笑了。我知道老麻是三原县人，却不知道他舅家在旬邑县。难怪他说起旬邑来头头是道。

"文老师好！不好意思。"我笑道。

文老师摆手，一脸的担待不起，说道："听小麻说你是雕塑家，在西安世事大得很；我个山野村夫，怎敢让你称老师？你叫我老文就好。"声气还是柔柔的。

我还未开口，老麻抢先道："由宋到明到清，旬邑文氏代代有贤人出，贡生四十多人，进士六人，舅，文家村绝不是山野荒地啊。要说本事和贡献，你绝不亚于前辈啊。他金总的世事再大，也该叫你老师……"

"右拐，右拐！"文老师猛地叫道。

司机刹车，拐入村子。文老师抱歉道："只顾说话，富村差点闪过去了。师傅，一直朝前开。"回过头来，"看在我年龄大些，又当过村小老师的份儿，叫一声老师也过得去。小麻，不要说本事、贡献那话。"又面向司机，"前头到那个土堆跟前停下。"

"舅，你当过村小老师？"小麻问。

车在土堆旁停了下来。文老师道："等会儿说。前头没路了，请师傅掉转头，等我几分钟。"说着，推开车门，拿起脚下的东西，像是一沓大纸，卷作圆筒，下了车。车前，不再是平地，沟壑纵横，烟霭苍茫。我跳下车，往前十多步，便前行不得了。再朝前，会坠入苍茫的大沟，与墨绿的、金黄的、酱红的、浅灰的、乌黑的杂树野草混为一体。探头俯瞰，怕有一二十米深吧。暮秋初冬的景色这样美，我想，春天时候一定更美，不是这样深沉苍茫的美，会是清新艳丽的美。风大，呼呼作响，回望地势平坦的村庄，我这才理解了老麻说的"山原各半"的意思——眼前的沟壑纵横是山，一路的平坦土地是原。

文老师和老麻在车子左百十米，站立在一疙瘩隆起的原崖跟前，站立得笔直，一鞠躬，二鞠躬，三鞠躬。鞠躬毕，文老师弯腰，站起，手上多了那卷卷作圆筒的大纸，往前几步，向原崖的黑洞扔了进去——窑洞样子。如果真是窑洞的话，也太矮太小了。扔过，他们走回到车子跟前。我迎上去，问老麻："干什么呢？"

老麻神秘地一笑，答道："没干什么。我舅的事，我陪一陪，顺便沾一沾神气。"

神气？

我的目光转向文老师。文老师微微一笑，说道："没什么事儿，没什么事儿。"

遮遮掩掩的，搞什么名堂？

车子回开两百多米，文老师让司机右拐，慢行不到一分钟，停在一排老房子旁，红砖砌筑，三间，不像住家，像门面房。下车前，文老师回头向我道："就一下下，你不用下来。"声气柔柔的。

他又拿起脚下的东西，还是卷作圆筒的一卷大纸，下了车，老麻跟着；走到老房子中间的一间，放下大纸，站得笔直。老麻也站得笔直。老房子是一层的平顶楼板房，上世纪最后十年乡村常见样式，残破不堪，除了挂锁的木门，门上风窗的玻璃、窗户的玻璃，都不知粉身碎骨到了哪里。风和风中飞舞的枯叶碎草肆无忌惮地侵入。一鞠躬，二鞠躬，三鞠躬，面对残破的老房子，又恭恭敬敬鞠躬。鞠躬毕，文老师弯腰捡起卷作圆筒的大纸，向前两步，从空敞的窗户扔了进去。

那黑洞，这老房子，与大纸有什么关系？

好奇和疑问在我心中弥漫。

上了车，文老师向我道："给你添麻烦了，再有一个地方事情就办好了。"声气柔柔的。

还有一个地方要扔大纸？

我用目光询问老麻。老麻贴近我耳朵，悄声道："少安勿躁，到了就知道了。"

随文老师的手势，车子在村子低速穿行，左拐右拐，五分钟后，停了下来，没路了——前面不是沟壑，是玉米秆和苹果树；不是没有路，是没有车行的路，有脚踏出来的生产小道。文老师回头道："比前两回时间长些，得让你多等……"声气柔柔的，给人添麻烦而抱歉的神色。

"我不等，跟你们一块儿去。"

文老师一愣，目光转向老麻。老麻说道："舅，金平想一块儿去就去吧。"

文老师看一眼我，答道："那就一块儿去吧。田间小路不平顺，城市人走不惯。金总，你小心脚底下。"声气柔柔的，发自内心的关切。与前两次不同，文老师手上拿的不是卷作圆筒的大纸，而是一个黑塑料袋，大，鼓鼓囊囊的。虽然鼓鼓囊囊，但明显不重。老麻要提，文老师挡开了。

我笑道："文老师，叫我金总就见外了，叫我金平。我跟你外甥小麻一样，也是农村长大的娃。我老家黄龙县是山区，山路比这小路难走多了。"

走在前面的文老师回头，惊讶道："真没看出你是咱农村娃。"

小路左旁是玉米秆，焦黄了，挺立着，饱满的玉米棒子坠在秆上，露出金黄的玉米粒；右旁是苹果树，鲜艳欲滴的小红灯笼像是精心雕塑的艺术品，展览在枝头。我应道："地地道道的农村娃，如假包换。文老师，玉米和苹果都成熟了，怎不见人收？"

"收着呢，收得慢，务庄稼的都是上年纪的人。年轻人都进城打工了。"

我跟在文老师身后，拨开苹果树枝，正要接话，一抬头，豁然开朗了，一片开阔地。跟在我身后的老麻闪到我身边，指着右前方说道："就是那儿。"

那是一座小小的亭子，孤零零矗立在百十步外。风大，四下的荒草匍匐在地，平展展的。

亭子简约，四根方柱拱起亭顶，一朵砖雕莲花居顶中，四角翘兽头；方柱洁白，瓷片贴就的；亭顶铺琉璃瓦，赭红色。在高远的天空下，显得突兀而又孤独；在长满杂草的开阔地，却又显得豪华高贵。亭子里像树立着什么，柱子遮挡，看不清。走得近了，噢，是墓碑，不是一通，竟是两通，都近乎我这么高。墓碑后，亭子外，是一座小小的坟包，爬满荒草。

我明白了，今天是寒衣节，文老师来祭先人。又纳闷，怎么是两通墓碑，合葬墓吗？合葬墓也应该是一通墓碑啊。文老师的家在文家村，这是富村呀。他的什么先人？祭先人，为什么要去那黑洞，去那无人居住的残破老房子，扔那卷作圆筒的大纸？

纳闷间，文老师放下鼓鼓囊囊的塑料袋，在亭外站定，面对墓碑开口道："姨，天冷了，我今儿来给你送棉衣，里里外外全身新，你别舍不得，一会儿就换上。姨，今儿我没骑自行车，坐的是金总，噢，金平的小卧车。幸亏了金平的小卧车，风大，我没受难肠。小麻清明时候来过，你还认得不？小麻跟金平好，他俩一个画画儿，一个搞雕塑，都是搞艺术的，算咱一窝窝人。"

一窝窝人？

我站在文老师身后两步。老麻站在文老师身旁，紧挨着。风大，文老师仅有的一缕头发在风中飘飞。老麻茂盛的头发凌乱得像荒草，此起彼伏。不用说，我的头发跟老麻不会两样。文老师给他姨送寒衣，为什么介绍我和老麻都是搞艺术的？为什么说算咱一窝窝人？我纳闷很。文老师转头向老麻说："风大，得捡些碎砖块跟树枝把衣裳压住。"

老麻答应道："是，不压住没办法烧，我去寻。"

老麻四下去寻，我走到右手墓碑面前。正中竖刻一行楷体大字："显妣孙府孺人库氏之墓"。顶端刻相向对称的凤鸟，中间刻宝相花。宝相花下刻"中华"二字。墓碑右侧刻"先母生于一九二〇年十月十二日，卒于二〇〇四年******，享年八旬有四"。"*"是字上沾了些黄泥，看不清楚。噢，文老师的姨已经殁入黄土十七年了。老人家嫁给了孙家，自己姓库。我移步到左墓碑。正中刻五个行书大字"库淑兰之墓"，比右墓碑大许多。右侧刻"中国剪纸艺术大师"八个字。顶端刻"1920—2004"。左侧刻"王瑜吉嘎敬立　刘悟山书于北京"。

库淑兰，艺术大师？剪纸？

老麻捡来了碎砖块和苹果树枝。文老师打开黑塑料袋，对我说："金平，你站在风来的方向挡风。"对老麻说，"我铺纸钱，你用树枝压。"风大，我见荒草里有废弃的苹果纸箱，跑去拿来，扯开。文老师向我点头，笑道："真是咱农村娃，眼里有水水儿。"三个人都蹲下，我和老麻手扶纸箱片挡风，文老师横竖排开三条苹果树枝，开始在上面铺纸钱。第一层是麻纸，打过麻钱的，文老师一页页撕开，搓一搓放下，用苹果树枝压住。第二层是千元、万元、百万元、千万元、亿元的冥币，文老师还是一页页撕开，搓一搓放下，用苹果树枝压住。第三层是寒衣，淡紫碎花的棉褥子，深蓝的床单，雪白的内衣，雪青的棉袄，金色凤鸟展翅的罩衣，黄色的枕头，咖啡色的帽子、围脖、手帕、袜子、棉鞋……一样样摆放整齐，像穿在身上一样，用碎砖块压住。三层停当，我的脚酸麻了。文老师站起来，站不稳，跟跄了一下，站定，跺了跺脚，从裤兜掏出火柴，又蹲了下来，手微微颤，连划两根火柴，都被风吹灭了。文老师无奈地摇一摇头，面向墓碑，说道："姨，新衣裳我都送来了，你就换下吧。"

我暗笑："剪纸艺术大师怎么这样客气呢？"

第三根火柴划着，艺术大师不再客气，麻纸着了，扬起一缕烟，火苗蹿上来。火借风势，越来越大，照在脸上，暖暖的。一时儿，火变小了，文老师用树枝挑动，又大了，一瞬间，又变小，渐渐熄灭，余下灰烬……

文老师站起来，走到墓碑前。老麻和我跟着。

文老师开口道："姨，给你送了些钱，你别攒，想怎么花就怎么花，把日子过得美美的。给你送的纸，你想剪了就剪，不想剪了就歇下。姨，给你鞠过躬，我跟金平、小麻就回屋呀。"

那些大纸是给他姨的。他姨埋在这里呀，怎么向那黑洞、那老房子扔？

一鞠躬，二鞠躬，三鞠躬，文老师和老麻毕恭毕敬三鞠躬。我站在他们身后，想小时候过年我妈贴窗花，想村里人结婚贴炕围子，想电视上才艺表演剪"福"和"喜"，都是老套的模式化图样，怎么能是艺术呢？顶多算手艺、技艺。艺术大师？言过其实了吧。我没有鞠躬。

鞠躬毕，文老师转过身来，向我道："事情办完了，咱回。"刚抬脚，又停下了，转身，走到墓碑前，掏出纸巾，蹲下，擦墓碑上的黄泥。老麻上去帮忙。黄泥擦掉，字迹清晰了，"十二月十九日"。文老师站起来，后退两步，双手合十，朝墓碑说道："姨，这下我真就回屋了。新衣裳千万别攒，这就换上……"

说话间，一阵旋风，卷起亭外的灰烬，飞得无影无踪。文老师四下望望，说："咱回。"

穿行田间小道，我无心再看展览的小红灯笼和沉甸甸的玉米棒子，一个一个疑问在心里翻腾。黑洞、老房子到底是何所在？为什么给里面扔大纸？"中国剪纸艺术大师"谁给封的？"刘悟山书于北京"，左墓碑是北京人立的吗？北京人为什么要这样做？噢，库淑兰祖籍在旬邑县富村，在北京工作，从事剪纸卓有成果，从而得到封号。如果是这样的话，文老师是文家村人，他姨怎么在富村呢？噢，文老师的母亲是富村人。问题又来了，如果在北京工作，"显妣孙府孺人库氏"是怎么回事？

　　上车坐定，我问道："文老师，你母亲是这个村子人？"

　　文老师转身，摆手道："不是，不是！"盯我，"你怎么这样想？"

　　我答道："我看你姨是这个村人，就想你母亲也是这个村人。"

　　老麻大笑道："金平，你呀，真会想！"

　　我斜睨右旁的老麻。他笑得更响了。

　　文老师说道："我叫的姨跟你想的姨不是一回事。这个姨跟我母亲没有血缘关系。"

　　"没有血缘关系？我看你对这个姨感情挺深，为什么？"

　　"因为我这个姨是中国剪纸艺术大师啊！"

　　"文老师，真的有剪纸艺术大师一说？"

"怎么没有？中国有，外国也有。"

"外国也有，谁？"

"马蒂斯。"

"马蒂斯？"

"法国人，你应该知道。"

"噢，噢，不得了的艺术大师，画家、雕塑家、野兽派创始人，善于使用鲜明、大胆的色彩……"

"马蒂斯还是剪纸艺术大师！他的剪纸作品造型夸张，富于想象，色彩单纯、明净，注重传神写意，类似我们国画的大写意，充满抒情性，有人把他的剪纸作品比作'无声的诗'和'有形的音乐'。"

"惭愧！我不记得马蒂斯还有这个本事，或许美院念书时候知道，现在已经还给老师了。我对马蒂斯的雕塑作品印象深刻，造型大胆简洁，极富抽象的夸张，像《奴隶》《抱头的男人》《斜倚着的裸体》。特别是《奴隶》，令人想起罗丹的《行走的人》……"

虽然都剪纸，长眠在旬邑县富村的库淑兰与驰名世界的艺术大师马蒂斯可以相提并论吗？我前倾身子问道："文老师，听你的口气，你姨剪纸的造诣可以与马蒂斯相提并论？"

"当然可以！"文老师猛地提高了声调，声气硬硬的。

"文老师，马蒂斯可不是凡人啊，与毕加索同为二十世纪现代艺术的巨擘，而野兽派更引导了二十世纪的绘画大革命……"

"库淑兰也不是凡人，是世界的库淑兰，中国的毕加索！"文老师的声调更高了，声气更硬了，转头盯着我。

世界的库淑兰，中国的毕加索！这，这……我转头看向老麻。老麻好像在等待我的转头，我们的目光相撞了。老麻笑道："我舅说的对，世界的库淑兰，中国的毕加索。我觉得啊，库淑兰比毕加索还毕加索！"

比毕加索还毕加索？

老麻说道："毕加索十七岁到西班牙首都马德里的普拉多艺术馆进修学习，十九岁到法国巴黎开始了他的绘画生涯，之后到过很多国家，博采众长，从而创造出立体主义、现实主义和超现实主义手法相结合的立体抽象艺术风格。库淑兰呢？除一九九七年去过一次香港，一辈子没走出过旬邑，没学习和借鉴过任何艺术流派，全凭一个人天然的艺术感知和觉悟，打破民间传统剪纸的模式，创新出表现自我灵魂的艺术 —— 彩贴剪纸画。"

"创新？"

"是的，创新！彩贴剪纸画是库淑兰的创新发明。"

"彩贴剪纸画，我怎么不知道？"

老麻笑道："你忙着挣大钱呢，怎么会在意穷乡僻壤的雕虫小技。"

我擂了老麻一拳。文老师笑，对老麻说道："小麻，这怪不得金平，一怪旬邑地方偏，二怪我姨是农民，三怪咱宣传的喇叭声太小。小麻，不说别人，就说你，给搞艺术的金平都没宣传到。"

老麻撇嘴道："金总是生意人，不搞艺术了。"

我又举起了拳头。老麻动作夸张地缩脑袋。

我的拳头并没有出击，举拳头问道："库淑兰真的没念过书？"

老麻答道："怎么不是真的？你看到的窑洞和老房子就是她的家！"

不是黑洞，是窑洞！那是库淑兰的家？

我转头向文老师。文老师说道："是我姨的家。我姨的娘家在泾阳县永乐镇。除了去过一次香港，她嫁到旬邑后再没出过旬邑。"

老麻笑道："我的意思是说库大师没有学习和借鉴过其他艺术流派，彩贴剪纸画完全是她天然的艺术感知和觉悟的艺术表现。"

文老师点头道："这话我同意。"

完全是她天然的艺术感知和觉悟的艺术表现！老麻和

文老师言过其实了吧。我也见过几位以所谓"艺术灵感"雕木雕石的民间"艺术家",介绍人说得神乎其神,如何"天才",如何"鬼才",如何"超现实",去看了,哭笑不得,他们以为丑陋和怪异就是艺术"先锋","作品"求丑求怪,太不成样子。我问道:"库大师的封号是谁封的?"

"联合国教科文组织。"文老师答道,"全称是'民间工艺美术大师'。"

我震惊了,怎么也把黑洞、老房子、墓碑、文老师的姨与高耸云天的联合国教科文组织放不到一个平台上。

"联合国教科文组织怎么知道陕西省咸阳市旬邑县富村有个会剪纸的库淑兰?"我舌尖吐出的每一个字都是连颠带跑的。

"没有我舅,就没有库大师。"老麻叫道。

文老师摆手,瞪老麻:"胡说什么呢!大师就是大师,有没有我,都是大师。"转头向我,"金平,联合国教科文组织命名库淑兰'民间工艺美术大师'称号,那是因为库淑兰剪纸艺术强大的、神奇的魅力。"

"我可以马上见到大师的彩贴剪纸画吗?"眼见为实。我着急了。

文老师微微一笑,答道:"这不是难事。"

观音菩萨吗?没有杨柳枝,没有净水瓶啊!

嫦娥吗？没有飘舞飞月之势啊！

何仙姑吗？没持荷花啊！

麻姑献寿的麻姑吗？没捧仙桃啊！

杨贵妃吗？没有华贵骄矜之气啊！

圆圆的、丰润的、富态的、白皙的面庞，大得夸张的眼睛，占据面庞近乎一半。上下眼睑是黑色的两条曲线，在左右两边弥合。瞳孔圆而黑，大大的。眼仁竟然不是白色，是柔柔的鹅黄。眉毛是一条黑线，似弯弓，似扁月，长长的，左右眉相连；长过眼睛，左右垂下。两眼之间的眉心，眉线相连之上，点美人痣，圆圆的，红彤彤，早晨的太阳一样。鼻子像一个悬空的桃子，成熟，鲜润。嘴唇也鲜润，像红釉的茶盏，更像半个红月亮。两腮紫红，像两片红叶，更像朝霞染红的云朵。双耳是两朵花，红花，花瓣一样，花蕊却不同，左黄，右蓝；花心也不同，左蓝，右红。左右耳都垂长长的耳坠儿，长过下巴。耳坠极简，三条蓝色的线，底端点红色的圆，红宝石吧。刘海儿漆黑，一道一道，密密的，锯齿一般。刘海儿中间，装饰一条花瓣彩带，呈弧形，半圆状，与耳朵平齐；花瓣玫瑰红，镶蛋黄色的边；花心也是蛋黄色。刘海儿之上，又一条花瓣彩带，也呈弧形，半圆状，也与耳朵平齐，淡紫的花边，墨蓝的花心。之上，再一条花草彩带，还呈弧形，半圆状，比两条花瓣彩带宽、大，半圆的底端与耳坠的红宝石平齐；比两条花瓣彩带更显繁复富丽，草叶黑绿相间，卷曲缠绕，点缀金黄、深蓝、淡红、鲜红的圆点。脖颈上戴蓝色、绿色、红色花瓣叠缀而成的项圈，极自然地过渡到上身及肩。肩披霞帔，大红的牡丹纹、墨绿的锯齿纹、金黄的梭镖纹、蓝色的月牙纹层层叠压，繁密精细，繁而不乱，花团锦簇到胸上。胸前，长出一棵树来，树干漆黑，绿叶繁密，正中，两手捧出一朵牡丹花，手是白色的，牡丹花大红色。手臂上的钱串子纹、如意纹、豁牙子纹同样层层叠压，繁密精细，繁而不乱。雍容的上身之下，过渡作饱满的椭圆，显盘腿趺坐之象。椭圆边际装饰紫色云纹、蓝色波浪纹；椭圆顶端装饰白色花瓣，花瓣里填画锯齿纹、梅花纹；椭圆下端衬托绿色的莲叶，莲叶繁密，簇拥莲花……

这是谁啊？

朴素而又典雅，绚丽而又清新，自然而又空灵，古远而又现代，熟悉而又陌生，具象而又抽象……只一眼，我就被震撼了，是毕加索抽象立体的现代派绘画吗？是马蒂斯大胆明丽的野兽派作品吗？是敦煌壁画里色彩绚烂的造像吗？是杨柳青年画里的送子娘娘吗？……

这是谁啊？

这不是毕加索的作品，不是马蒂斯的作品，不是敦煌壁画，不是杨柳青……我的脑细胞极速运转，却搜索不出有关这大美形象的记忆，只能眼巴巴求教文老师了。

"剪花娘子。"文老师答道，声调平平的，声气柔柔的。

"剪花娘子？"我从来没有听说过。有这样一位神奇美艳的娘子吗？

"你看，这不是一把剪子吗？剪花娘子离不得剪子。"文老师指着画面正中说道。噢，胸前长出的那棵树下，有一把剪子，绿色的，我没有注意到，以为是树的枝杈。

我惊叹一声，问道："剪花娘子是谁？"

"我姨就是剪花娘子，剪花娘子就是我姨。"文老师答道，声气柔柔的。

剪花娘子是库淑兰！

这是在文老师家客厅，我问是否可以马上见到库大师的剪贴画之后二十分钟。文老师的家在旬邑县城的一条小巷里，走进青砖的门楼，到了院子，绕过屋前的花坛，刚一进入客厅，我的眼睛便被正中悬挂的这幅画钉住了。

终于把眼睛从画里拔出，我问文老师："这就是库大师的彩贴剪纸画？"

"是。剪子是库大师的画笔，彩纸是库大师的颜料，点、线、面的造型单元，通过剪子和彩纸完成，然后经库大师的神手，用糨糊把点、线、面一一粘贴在硬纸板上，彩贴剪纸画就成了。"

数不清的点、线、面，眼花缭乱的点、线、面；数不清的点、线、面的组合，眼花缭乱的点、线、面的组合——艺术的组合！我不由叹道："真不简单，创作剪贴画，比画国画、画油画复杂得多。"

文老师点头道："这一幅剪花娘子用了一个月，还是复制的，两个人。库大师亲手的话，也得半个多月。"

老麻叫道："不是真迹？"跟我一样，老麻也不知道这幅《剪花娘子》不是真迹。

文老师笑道："真迹那么珍贵。我没有啊。"

老麻叫："好我的舅啊，你怎么会没有真迹？拿出来让我们饱饱眼福啊！"

文老师摇头道："真的，我没有。"

"真迹在哪里？"我问道。

"库淑兰剪纸纪念馆。"

"纪念馆在哪里？"

"县文化馆。"

"咱这就去呀！"

没有"这就去呀"。原因有三。一是文老师的老伴儿招呼我们吃饭。小饭桌已经在院子正中摆好，阳光下，一桌红红绿绿。刚进县城，我提议看过库淑兰的剪贴画之后我请客，请文老师去酒店小酌几杯。文老师摆手："大老远到我家，怎么可能在外面吃饭？我出门时候已经让老伴儿准备了。"二是已经下午三点多了，吃过饭，到文化馆五点，剩下一个小时，看不完。文老师说："既来之，则安之，事情一件一件办，饭吃不好，画也看不好，馆藏作品一千多件呢！"三是文老师答应第二天一早，他亲自讲解，带我们看个饱。

这顿饭吃得时间长，从下午三点多吃到晚上十一点多，由屋外吃到了屋内。打开文老师话匣子的，是我和老麻一再地恳求，还有茅台酒的功劳，司机从车上取来的。文老师说："听说了一辈子茅台酒，这是头一回喝。"文老师老伴儿烹饪的旬邑味道好极了，御面 —— 和田玉般洁白，上贡给皇上的特色"菜"，小麦面粉做的 —— 老豆腐、三鲜丸子、肘花、炒土鸡蛋、菠菜拌粉条，还有油汪汪、红艳艳、吃了第一碗还想吃第二碗的辣汤饸饹……

第二天早上九点，我和老麻到达县文化馆门口时候，文老师已经站在那里。

文老师讲过的作品，看到真迹，我被更加强烈地震撼着，瑰丽神奇的画面完全超出了我的艺术想象。就像听别人讲风光绝美，讲得再多，也抵不过亲眼领略。更多的，文老师没有讲的作品，一幅一幅，一幅又一幅，让我更加感觉到库淑兰艺术世界的博大和神奇。月弯式的长眉毛，大大的眼睛，大红的鼻子，深红的嘴唇，黄色的眼白，漆黑的眼珠，丰满圆润的脸蛋，双眉间加大红色的智慧点……小到两尺，大到四米的巨幅，每一幅《剪花娘子》都采用这样的元素，但幅幅都有新的内涵和意蕴，呈现出绝不雷同的神采和神韵，令人遐想万千。那只可意会不可言传的五官组合变化，那无穷无尽的服饰与色彩搭配，那变幻无穷的边框花纹，犹如变奏曲的音符，幻化出无数个剪花娘子，掀起一浪又一浪库淑兰彩贴剪纸艺术的高潮，也掀起对我视觉冲击的一浪又一浪高潮。我内心波澜汹涌，却说不出一句话来，翻遍脑库存，找不出一个合适的词语表达这样的艺术呈现。是的，库淑兰缤纷闪烁、扑朔迷离的艺术世界，难以用语言表达。艺术的极限是无言的。

她是毕加索吗？毕加索画面的心与物是失衡的、扭曲的，有美感，更有痛感。库淑兰的画面闪烁人类童年纯真本性的灵光，没有辛酸悲苦，有的全是仁与爱的温馨，带来清新、愉悦、久久不绝的美的享受。

她是凡·高吗？浓烈而又神秘的色彩，猛一看相似。但凡·高的画面跳跃、旋转、不安，像躁动的公牛。库淑兰的画面绚丽、静谧、明快，像秋天的麋鹿。

她是库淑兰。她是剪花娘子。她谁也不是，就是她自己。

我脑海里时不时冒出苍茫的大沟，低矮的"黑洞"，一层的平顶楼板房，突兀而又孤独的亭子，亭子外，小小的坟包……文老师说，他怎么也把这个册页跟小脚老婆子搁不到一起。此刻的我，怎么也把眼前异彩纷呈的精美艺术，与昨天在富村见到的残破沧桑联系不到一起。

老麻说："每一次都被震撼，每一次都有新的启发。这是艺与术的完美结合。"

"为什么才领我来？"

"我这是第二次来。以前追求所谓的前卫，跟那财政局局长一样，看不上本土艺术，到处漂。"

"为什么不说给我？"

"看了什么也不用说，库淑兰的彩贴剪纸画会说话。金平，问你一个问题，一定说心里话。"

"什么问题？"

"你想成为库淑兰吗？"

"能成为吗？四十岁之前，不想，太苦了。四十岁之后，有一些想。以后啊，可能会多想。"

"为什么？"

"四十岁之前，想有钱，过上有钱人的好日子。四十岁之后，发现最爱的，不是钱，还是从小就爱的雕塑艺术。钱嘛，买不来艺术灵感，买不来作品完成后的甜蜜满足。今年四十二岁了，越来越觉得活在减少之中，没有增加的东西。如果像库淑兰那样，像成神的大师们那样，有作品传世，一代代人瞻仰，就有了增加的东西，生命就会变得厚重，就会得到延续。所以说，以后可能会多想。想归想，但像库大师这样艰苦卓绝地做，恐怕难做到。"

"我们四十多岁人的劲头，不敢跟六十岁的老婆子比，惭愧啊！既然想了，就做吧，不管成神与否。"

"不管成神与否，说得好。神是做出来的，不是想出来的。老麻，我想再去富村看看。昨天没给库大师鞠躬，心里不得劲，今天补上；还想仔细看一看大师跌落悬崖的地方。"

文老师给了孙会娥和马海霞的电话，说："昨晚说话时间大了，今儿血压高，晌午得躺一躺，金平，就不陪你了。这两个都是富村的媳妇，也是库淑兰的徒弟，咱一窝窝人。你跟小麻去，我给她俩打电话说好。"

我要送文老师回家。文老师摆手，牙长一点路，我走一走。

孙会娥是库淑兰的干女子。她说:"我是真的。童子童女给我干妈当干娃,我干爸认不? 一个都不认! 只有我,我干妈干爸都认。"

"为什么?"

"我是孙家台子人啊。"

跟孙家台子有什么关系?

孙会娥说了好一阵儿,我和老麻才听明白。解放前,富村库家的女子库淑兰,嫁给了孙家台子村孙家的小子孙宝印,不是从富村,是从泾阳县永乐镇南横流村出嫁的。库淑兰她爸出门拉长工,在泾阳县永乐镇南横流村立住了脚,把老婆娃娃都接了去。水往低处流,人往高处走。泾阳地处关中"白菜心",日行好,他们再不回来了。那时候,库淑兰四岁。还在她妈肚子时候,她爸就给她订了婚。男娃他爸跟她爸一道拉长工,好得像一个人。孙家弟兄六个,孙宝印是老大。婚后时间不长,孙宝印想跟库淑兰单过,他爸不许,就背着他爸和媳妇卖了家里一头驴,被他爸和弟兄们发现,狠狠捶了一顿,没收了驴钱,将小两口撵出了家门。

一分钱没有,小两口去哪里? 库淑兰领男人来到了富村,住进她爸留下的窑洞,男人给人打短工,不愿出远门拉长工。

孙会娥的娘家就在孙家台子。她姐嫁给了富村，跟库淑兰离得近，沟底下头一家，张声就听到。富村距孙家台子十里路。孙会娥闲了来帮她姐看娃。孙会娥手巧，腊月天在她姐家剪窗花，库淑兰看见了，小脚飞一样到跟前，拉住孙会娥的手，乖女子，乖女子，你会铰花啊，姨也会铰，咱是一窝窝人。说着，拿起剪子就铰。孙会娥没眨几眼，库淑兰就铰成一对鸳鸯，说，姨在富村给你说个象，你嫁到姨跟前，姨就有铰花的伴儿了。一说就成，孙会娥嫁了来，认库淑兰做干妈，认孙宝印做干爸。干爸不准干妈跟旁人黏，就准孙家台子的孙会娥进窑洞。这是一九七四年的事情。如今，孙会娥六十五岁，已经结婚四十七年了。她说："我愿意给到富村，多半是为了我干妈。"

　　"为什么？"

　　"我干妈剪子底下快，铰的花好看。铰的那鸳鸯，自我学铰花，没见过谁铰得那么快、那么好，活生生。"

　　"你铰得也好啊，跟你干妈差不多。"孙会娥家里有一间工作室，挂满她的彩贴剪纸作品。

　　"你两个奉承我呢。跟我干妈的比，连她小脚的脚后跟都撵不上。"

　　"你干妈是神，撵上了你也是神。"

"我干妈是人，不是神！"

不是神？

孙会娥激动了，语速加快："要是神，十三个娃娃怎么才保住了三个？神啊，拿捏人的，怎么连自己的娃娃都拿捏不住？有一个，我记得清清的，我刚给到富村时间不长，十七了，背上出了一个疮，大拇指头那么大，越长越大，止不住，长到碗口那么大，把娃硬硬给害了。"说着说着眼泪淌出来。

"男娃，女娃？"

"精杠杠个半大小伙子，眉眼跟我干妈像得太。"

"你干妈是橛子呀，怎么？"

"橛子？我干妈顶的是假橛子，不是人家真橛子顶的神橛子。真橛子会抓鬼会驱邪，我干妈不会。我干妈生了十三个娃，知道得比刚抓娃的妇女多，该做啥，不该做啥，有个说教。干妈挖药呢，知道药性，会给娃娃熬药水。干妈像橛子那样唱，唱的是《血盆经》：

娘怀儿一个月浑身瘫困，

娘怀儿两个月骨血淌乱，

娘怀儿五个月五指分开，

娘怀儿八个月身又沉来腿又软，

娘怀儿十个月，

生有时来死有地。

到那时，娘奔死，儿奔生，

娘跟儿性命相换，

三天喝米汤跟儿才见一面。

还唱《虔念经》：

正月十五虔念经，

二月十五化纸钱，

六月十九摆香案，

十月十九坐夜晚。

各种礼仪全供上，

满天星斗净落完。

天罗地网齐下界，

二十八星宿落临凡。

保佑我儿命连天，

我儿命连天。

唱的时候，铰小人人儿。铰成了，化掉。干妈给主儿家说，把鬼撵走了，娃的魂安了。干妈悄悄给我说，说这个，为的是安人的心。人的心不安，越急越乱，娃的病越过不去。

你两个别摇头，不是那时候的人愚昧，是穷得看不起病，吃不起药啊。我干妈不隔我，什么话都给我说。"

"不是神，怎么四十九天没吃没喝、没屙没尿？"

"怎么没吃没喝、没屙没尿了？干爸去地里做活，我给干妈喂水喂米汤，伺候干妈尿干妈屙。干妈叮顿我，别叫人看着，别给旁人说。"

"她没跌落悬崖，装的？"

"跌了，昏迷不醒了近一个月，没有七七四十九天。那一段时间，我干爸一家子都死了心，等着咽气送人呢。我的心没死，天天掰开我干妈的嘴唇点几滴水，唤她几声。"

"跌下来没受伤？"

"伤了，没伤到骨头。在背上，没人觑顾到。"

"文殊菩萨那些话是假的了？"

"怕是我干妈做的睡梦。唉，我干妈多亏了爱剪纸。"

"为什么这么说？"

"不剪纸，熬不到八十四。十个娃一个个在眼跟前跳，心不得安啊！心不得安，命怎么长？"

马海霞也抹眼泪，说："女人就活了个娃，活着就是为了娃。没了娃，活下还有什么意思？《十兄弟》那幅花怕是库大师想娃呢。噢，铰下的花就是库大师的娃。"

纪念馆有《十兄弟》彩贴剪纸画，我记得开头几句唱词，大哥坐大官，自来自转；二哥开绸缎，穿绸换缎；三哥立当铺，能打会算；四哥……

孙会娥说："干妈盼十兄弟一个比一个活得好。真是的，铰下的花就是干妈的娃。你两个在纪念馆看到我干妈搁花的那个箱子了没？"

　　"看到了。文老师给我们讲了。"箱子所有面儿，都贴上了彩贴剪纸画，花草繁密，气象富贵。文老师说，这就是他当年送给库淑兰的那个纸箱，没想到被库淑兰打扮成一件艺术品。

　　"你两个觉得不，我干妈待她铰下的花，比生下的娃还金贵。"

　　"觉得，觉得。孙老师、马老师，文老师说库大师铰花没跟人学过，你两个呢？"

　　孙会娥答："我没正式学过。碎娃时候看人家铰，不知道怎么就会了。"

　　马海霞答："我从小就爱，却不会剪。跟库大师学的，还在学习班学过。"

　　马海霞年轻，七〇后，也不年轻了，当婆了。村上办起了库淑兰彩贴剪纸艺术传习所，她经管这一摊子。这样的传习所，马海霞说，全县不少村子有，学的人多，都是库大师的徒孙重孙。剪得好的，送到县文化馆学，管吃管住。县上年年比赛呢。

　　孙会娥说："文老师说我干妈没跟人学过，这话欠商量。"

"什么意思？"

孙会娥唱了起来：

> 一树梨花靠粉墙，
>
> 娘到绣房教贤良。
>
> 一学针线毛帘绣，
>
> 二学裁缝缝衣裳，
>
> 三学人来客去知大礼，
>
> 四学走路不慌张。
>
> 出厨房，进大房，
>
> 问婆婆，做啥饭？
>
> 锅煎水就把那手脸洗。

唱完，说道："这是我干妈的《一树梨花靠粉墙》，唱的是她妈教她学艺。"

这个，纪念馆有。画面是繁密多彩的梨花树下，娇羞的少女坐在花轿里，旁边两个人在说着什么。与唱词不同的是，墙不是粉色，是深蓝色，衬着素雅的梨花，神秘、深邃。

"是的，是的。孙老师，厉害呀，你干妈的唱词你都会唱？"

"天天跟我干妈在一搭，怎不会唱？我要把我干妈的本事传下去，不会怎成？"

"照你的理解，你干妈的唱词唱的都是她自己的事？你看看这个。"

我打开手机，给孙会娥看我拍的《青枝绿叶白牡丹》。树身是女性的形象，头上长出茁壮的枝干，树叶茂盛，开出无数美丽的花朵；人形树身的下部，是无数下扎的根茎。很明显，这幅作品象征人类旺盛的生命力，也象征女人繁衍挣扎的一生。孙会娥看了一眼，唱了起来：

> 青枝绿叶白牡丹，
>
> 家里丢妻心不安，
>
> 黑头子夜，五更天，
>
> 我把一天当十天。
>
> 叫贤妻，手丢开，
>
> 窗缝亮了你起来。
>
> 我想走，贤妻拉哩我的手；
>
> 不验花，贤妻哭哩丢不下。
>
> 犹想把花验，
>
> 谨怕铺面人笑话；
>
> 不验花，
>
> 谨怕后来缺娃娃。
>
> 挣下银钱能做啥？

世下金莲叫大大。

唱完，我问："验花是什么意思？"

孙会娥笑，马海霞也笑，怪怪的。马海霞怪笑问："城
市人不验花？"

孙会娥笑道："城市人白日做活不出力，黑间验得才
勤呢。"

小麻明白了，说道："难道是那个事？哈，验花这个词
太妙了。"

马海霞说："就是那个事，不验花，谨怕后来缺娃娃。"

我面向孙会娥："按这个唱词，你干妈跟你干爸的感情
不错啊。"

孙会娥说："看你说的，哪一对夫妻没年轻过？我干爸
爱我干妈呢。我干妈灵得跟百灵鸟一样，我干爸是个憨憨
人，心眼仄狭些，笼管不住我干妈，听人哄教说'打到的
媳妇揉到的面'，当了真，我干妈不顺了他的意，拳头就上
去了。"

"怎么就不顺了他的意？"

"见不得我干妈跟男人说话，见不得我干妈在外头风
张。刚结婚，我干爸为什么想跟我干妈单过？我干爸是双
生，那一个娶不下媳妇，成天在我干妈跟前转。就两孔窑，
六个精杠杠小伙儿，哪有我干妈趔开小脚的地方，哪有小

两口放开黏络的地方？我干妈本就性子外敞，到了富村，又在她娘家门口，见了男人不单单打招呼，还说笑一时呢。就这，我干爸容不下呀。更别说，那些没脸皮的，嘴淌涎水、眼瞪得圆圆的，趁我干爸出门做活，在我干妈窑跟前蹚摸……"

"为什么？"

"你个男人家，怎么问这话？我干妈长得心疼啊！女人长得心疼，哪一个男人不眼馋？嘴别张得那么大，那是你没见过，我干妈的大眼窝，两汪清水，男人跳进去淹死都心甘。我干爸为什么不愿意出去拉长工，就是舍不得我干妈啊。你看剪花娘子 —— 剪花娘子长得多心疼，我干妈就长得多心疼。为这，干爸没少打我干妈。该打的是那些蹚摸的，不是我干妈啊。我干爸个死憨憨，就会打自己人，好像我干妈把人家勾来的。我干妈给我说，她年轻时候秋千荡得好。老早兴这个，每年清明节全村人荡。干妈荡得高，还会耍花样，男男女女挤着看。我干爸不愿意，嫌风张开了我干妈的衣裳，露肉呢，小两口年年为这个打仗。有一回，夏天，干妈在窑里睡着了，不知道进来了个没脸皮的人，吓醒了，扯声喊，这时候，我干爸回来了，以为她做下了丢死人的事，不问青红皂白，把她打得昏死。醒来以后，她不想跟我干爸过了，想逃回泾阳，就跑出了窑洞，往沟里跑，跑呀跑，跑乱了方向，不知道东西南北，也没了力气，又让悬崖给挡住了。干妈不知道哪儿来的劲，抓住悬崖上的藤蔓，爬了上去。糊里糊涂正想该怎么走呢，枪响了，枪子落在她小脚跟前。她'妈呀'一声叫，跌下了悬崖，没觉着疼，没命地往回跑。悬崖上头驻国民党军队，有一个岗哨楼。村上谁家过事，干妈帮忙铰花，干爸要干妈赶黑一定回来，不然就是事！农业社时候碾场，有个没脸皮的给我干妈说怪话，还拍打她身上。我干爸看着了，手里的木杈端端地戳了过去。干妈小腿上立时两个血窟窿。还有一回，还是因为没脸皮的男人惹，干爸给干妈胳膊上戳了两个血窟窿……"

"这就是你说的你干爸爱你干妈？孙老师，你的心偏向孙家台子。"

"打是亲，骂是爱。我刚说了呀，我干爸是个憨憨人，心眼仄狭，脾气暴，心上想爱呢，不会爱，爱了也是蛮爱……"

"那不是爱，是占有，也就你刚说的笼管。你干妈怎么受下来的呀？"

"早些年我干妈说，前世不知道做下什么瞎瞎事了，冤家，欠人家的，这辈子受罪还。唉，受着受着就惯了。成了剪花娘子时候给我说，账还得差不多了，冤家不在我跟前叫嚷了。临上天前一天，躺在炕上不动弹，给我说，你干爸是个愚人，也是个可怜人，干妈走了，撂下他一个人怎么过呀！你多操些心，常去觑顾觑顾他。天冷，要我把县上送给的一床新被子抱给我干爸。干妈住在老二家。干爸住在老大家。俩儿各管各的老的。"

说到这里，孙会娥唱了起来：

> 鸺鸺鸺，鸺树皮，
>
> 江娃拉马梅香骑。
>
> 江娃拿哩花鞭子，
>
> 打了梅香脚尖子，
>
> 梅香"嗯呀，嗯呀，我疼哩！"
>
> "看把我梅香能成哩！"
>
> 揭地照逼土，
>
> 照下我倩倩好走手。

唱完，唉一声，说："缺什么想什么，这也是我干妈做睡梦呢。嫁出去的女泼出去的水，干妈一辈子没回过泾阳县她娘家。噢，去香港那一年回过，就那一回。"

跌落悬崖的地方毫无特别和神奇，孙会娥指给我们看了，跟别处一样，长满杂树野草。寒衣节，老天好像知道，阴得重，烟霭浓得化不开，纵横的沟壑比昨天更加苍茫。

那墨绿的、金黄的、酱红的、浅灰的、乌黑的杂树野草，我们只看得见眼前的，远处的，都笼入了苍茫。

没漆水的老门板不见踪影，门洞敞开，小窗户也敞开，老麻点亮手机电筒，低头走进去，我跟在后头，也点亮了手机电筒。不知什么小动物从脚下窜过，吓了我们一跳。电筒光照射在窑壁上，只看见潮润的黄土，一坨一坨照遍，一点点贴纸的遗迹都没有发现。我说："不到四十年，应该还有痕迹啊。"

老麻说："怕是大师献给文殊菩萨了吧。"

水井不见踪影。马海霞说："有老板想在这里建果库，把水井填了，地平也给升高了。我娘家在邻村，也吃这口井的水。我第一回见库大师就在水井边，当时十几岁，跟大人来拉水。库大师见人稀欠，模样喜，说话好听。听大人说，这老婆子是剪花娘子，一路神仙呢。我当时问，明明是个小脚老婆子，怎么是神仙？大人只是个笑。"

地平升高了，窑洞越发低矮，变成了黑洞。

一层的平顶楼板房我们也进去了。墙上还有卷起的纸，斑斑驳驳，失了颜色。孙会娥说："不管是老窑里，还是这里，我干妈在的时候，满墙的花，满墙剪花娘子，跟在天上一样。"给我们指斜对门，"从沟里搬上来，我就住在那儿。咱刚见面的地方，是这几年娃造的新房。"

马海霞说:"老窑和这里,本就是剪花娘子的宫殿,怎么不跟天上一样?"

孙会娥笑,说:"就是,我干妈的宫殿,剪花娘子的宫殿。"

我对老麻说:"像你舅想的那样,把纪念馆建成窑洞样子,才更有味道,更得库大师爱。"

老麻说:"保住这两个地方,原模原样,不糟蹋,什么都有了。可惜荒了。"

原模原样!我重重地点头。

来到墓地,我和老麻烧了纸钱,孙会娥烧了身寒衣。我对着"中国剪纸艺术大师"的墓碑,深深三鞠躬,默默说:"剪花娘子,一窝窝人,天上有灵,请把你的艺传给我些吧。"

因为我们是文老师介绍来的,问到有没有库淑兰的作品,孙会娥才打开工作室的一只樟木大箱,只有三幅。孙会娥说:"这三幅大部分都是我干妈铰的、贴的,只有边边角角我搭了手。"一幅《石榴》,一九八二年的作品;一幅《一向男女不信善》,一九九三年的作品;一幅《青苹果》,一九九八年的作品。孙会娥唱:

　　一向男女不信善,

一斗黄米价万千。

男女都把天爷唤，

无人搭救断人烟。

这是《一向男女不信善》彩贴剪纸画的唱词。画面上，左站立提马鞭的男人，右剪花娘子端坐莲花之上，中间是香案烛台。香案下，蹲一只小猫，惊恐的样子。很明显，后两幅艺术水准已臻神境。前一幅画面略显单薄，背板也不讲究。我和老麻对视一眼，对孙会娥说："麻老师是文老师的外甥，有名的画家。"

想把心仪的古董老货买到手，很多时候，跑家们是有一番套路的。我说这个话，用的是亲情牌的套路。刚一见面，几句客套之后，我们就感觉到了文老师在孙会娥和马海霞心中的分量。老麻说："我想跟库大师的作品结个缘。"

"结个缘，什么意思？"孙会娥和马海霞同时疑问道。

我只好明说了："麻老师想买库大师的作品，《一向男女不信善》和《青苹果》，加上《石榴》也行。"

"那怎么成啊？"孙会娥和马海霞同时叫道。孙会娥涨红了脸，说道："文老师说咱是一窝窝人，我才给你两个看我干妈亲手铰下的花。别说是文老师的外甥，就是文老师亲自来，他叫我做旁的什么我都不驳岔，叫我卖我干妈亲手铰的花，没这话。我只有这三幅啊！"说完，合住箱子，锁了，喊来正在院子装苹果的老伴儿，一个身材高挑的汉子，"你把钥匙拿上。"汉子看了我和老麻浑身上下，好像我两个是歹人，接了钥匙，出门去了。屋里的气氛一时陷入尴尬和紧张。我和老麻对视一眼——这不是精明的主儿家为抬价而演戏，是真的爱，坚决不卖啊。我笑了笑，说道："不卖库大师的，孙老师，你的作品也不卖吗？麻老师买你的。"气氛刹那间欢畅，马海霞笑道："那有什么说的呀，咱都是一窝窝人。"孙会娥绷紧的脸放松了，笑道："咱都是一窝窝人，给我个下苦钱就行。"

四千元买了幅孙会娥仿的《剪花娘子》，整张大纸。三千元买了幅马海霞仿的《江娃拉马梅香骑》，也是整张大纸。马海霞家里也有一间工作室，挂满了她的作品。孙会娥的作品全是库淑兰的仿版。马海霞除仿库淑兰外，有些是她自己的创作，紧跟形势的作品不少。价钱是她们报的，我和老麻一口应承，没有像跑家那样搞价。老麻说："别把你们亏了。"

孙会娥说道："有什么亏不亏的。我干妈想给她盖庙院，这么大一幅才给人要四百元。我是什么水平，我干妈是什么水平？"

说句孙会娥和马海霞可能不高兴的话，同样是《剪花娘子》和《江娃拉马梅香骑》，她们两个的技术没说的，但怪了，画面就欠那么一股子灵气、神气，或者说画面没有灵魂的注入吧，不活泛，不灵动。文老师说何爱叶的作品也是。这是没法子的事情，艺术的艺，就在于这神与不神的差别间。

我问孙会娥："怎么不创作？"

她答道："我干妈不准我创作。"

"为什么？"

"《剪花娘子歌》不是唱了么，叫来童子把花剪，把你名誉往外传。我干妈说她是剪花娘子，我不是，让我只学她；学得像了，神了，剪花娘子就传下去了。"

孙会娥和马海霞要给我两个做辣汤饸饹，我两个坚决不答应。正在收玉米和苹果，一年最忙时候，打扰了人家一下午，还吃饭，真是罪过了。饭不吃，苹果一定要吃。她们硬是给车上装了两箱苹果，拣最好的。我给钱，孙会娥变了脸，说道："看不起我农村人？苹果是我自家地里的，没下毒。"车子起步，马海霞跟跑了几步，喊道："遇着谁要彩贴剪纸，你两个领到富村传习所来。"

出了富村，去哪里？我和老麻相视一笑，同时说道："南横流村。"

找得到吗？

找见一个姓库的，就能找见库淑兰的娘家。跟跑家寻古董一样，爱木器的，找见一个跑老家具的，就能认识一串儿；爱石器的，找见一个跑拴马桩的，就能见到迎宾石狮、中堂石狮、石鼓、石柱础等各类老石头。天下跑家是一家。

老麻给相识的泾阳跑家打了电话。半小时不到，老麻的手机响了，微信："库淑兰的亲戚，库建信，明早十点半，在茯茶小镇茯铭阁茶馆等。"茯茶小镇我知道，在泾阳县永乐镇。老麻打电话问文老师："舅，你知道库建信吗？"

"知道呀。库淑兰的侄子。跟我一样，也在文化馆工作，字写得好，小我几岁。怎么了？"

"舅，你昨晚上的这一课，让金平和我对库淑兰着了迷，想了解她更多的情况。"

"你两个本事大，一下子就寻到了根上。"

我要过电话，向文老师道了谢、道了别，约好过一段时间再去见他。

与别的县不同，泾阳县有两个文化馆，一个是县文化馆，一个是永乐文化馆。由此可见永乐镇之重——南接西安，北通陕北，地处南北要冲。库建信在永乐文化馆工作了一辈子，现在是泾阳县老年书法家协会主席。说到想了解库淑兰的情况，库建信说："你两个寻错人了，该去旬邑县文化馆寻文为群。我虽然是库淑兰的亲侄子，惭愧得很，对我姑的了解没有多少。"

"我们刚刚从文老师那里来。找你主要想知道你姑小时候的事情。"

"如果我不在文化馆工作，可能到一九九七年十月底才知道有这么一个姑。因为在文化馆工作，一九八五年我就知道旬邑出了个库淑兰，自称剪花娘子，彩贴剪纸轰动了西安城。我打小就知道我们老家在旬邑，有一个姑嫁回那里。在我婆我爷嘴里，这个姑叫桃儿，没说过官名字。就是说，一开始我虽然知道了库淑兰，但不知道她就是我姑。因为姓库的少，库淑兰又是旬邑出的人物，星期天回家，我就说给了我爸。我爷一九六〇年下世，我婆一九七六年下世，给他们说不成了。话没说完，我爸的眼泪就下来了，那是我姐啊，嫁在孙家台子！我爸弟兄姊妹五个，三女两男，打头的就是嫁回旬邑这个姑。抹了眼泪，我爸立时拉我上了长途汽车。这时候是大清早。

路上，我爸说，你桃儿姑是个猴桃儿，碎娃娃时候爱要爱笑爱上树，爱说爱唱爱游逛。九岁缠脚，记得清清的，疼得扯命喊，把嗓子喊哑了，把天喊破了。你婆夜晚使劲缠，你桃儿姑白日偷偷解。缠了解，解了缠，把你婆给气急了，在你桃儿姑胳膊上咬了一口，女人家，怎么能不缠脚？在你爷你婆跟前长到十七岁，孙家台子的亲家来了，上门要人呢! 一头黑毛驴把你桃儿姑驮走了。

　　到旬邑县汽车站下了车，没停点儿，赶到孙家台子，全村人都说没有库淑兰这个人。我姑父的名字我爸没记住，俩人又折返回县城。我寻见文化馆，看门老汉说给我文老师家。我寻到文老师门上，才知道我姑住在富村。文老师我以前认得，一起在市上开过会。同在文化馆工作，文老师干出了大名堂，我，唉，惭愧，一事无成。这时候已经夜晚十点多了。父子二人在县城住了一夜，第二天一早赶到了富村。姐弟相见，那个场面啊，我就不说了。"

　　"你姑成了剪花娘子，你爸没惊奇?"

　　"记不得了。记得清的是回来的路上，我爸说，这下知道你姑出门以后为什么不回娘家了。我没有说话，但心里知道为什么。固然路远，但如果我姑日子过得去，怎么会因为路远而不回来看她爸她妈? 我姑受苦了啊! 二○○四年，我姑下世，泾阳库家一大摊子都去了。我感触最深的是，我姑虽然受了苦，但这辈子值啊! 咸阳市委市政府主持后事，国家的、省上的、全国各地的，来了好几百人，隆重得很。人活一世为的什么? 泾阳库家一大摊子，个个日子好，谁比得上?"

　　"你爸说没说你姑小时候有艺术天赋?"

　　"我专门问过。我爸说，人家女娃娃怎么长，你桃儿姑就怎么长，没有什么不一样。非要说不一样，你婆绣花好，有钱人都认，寻你婆绣呢。你桃儿姑缠了脚以后，跟你婆学绣，出嫁时候，绣得跟你婆不相上下。"

"你婆是哪里人？"

"蓝田县山里头，日子跟旬邑县一样苦。我婆她爸到泾阳县拉长工，认得了我爷，就把女子给了。"

"你姑上过学没有？"

"不可能上，上不起啊，真正的一穷二白。听我爷说，席片大块地方都没有，在老庙里寄住了好些年，后来才在南横流村有了自己的地方。"

"咱去南横流村你老屋看看？"

"看不成喽，西咸大开发，拆迁了。这个茶馆，现在是我们库家人的营生。"

"老庙呢？"

"早不见了。"

"看看原来的底摊子也行。"

"这倒是值得一看。"

去看了，竟然，竟然是中华人民共和国大地原点！

大地原点啊！

库建信说："一九九七年十月底，我姑回来，就在这门口，给我们说老庙当年是什么样子，说着说着唱了起来：

一树梨花靠粉墙，

娘到绣房教贤良。

一学针线毛帘绣，

二学裁缝缝衣裳，

三学人来客去知大礼，

四学走路不慌张……

唱完，从车上取下一幅彩贴剪纸画，给了我，流眼泪说，我想我妈了。"